他们俩

杨绛与钱钟书的一生爱情

亭后西栗 著

廣東旅游出版社
GUANGDONG TRAVEL & TOURISM PRESS
悦读书 · 悦旅行 · 悦享人生
中国 · 广州

图书在版编目（CIP）数据

他们俩 / 亭后西栗著 .— 广州：广东旅游出版社，2020.5（2023.10 重印）

ISBN 978-7-5570-2188-7

Ⅰ. ①他… Ⅱ. ①亭… Ⅲ. ①传记文学－中国－当代 Ⅳ. ①I25

中国版本图书馆 CIP 数据核字（2020）第 032432 号

出 版 人：刘志松
策划编辑：蔡　璇
责任编辑：贾小娇
封面设计：亿德隆文化
责任技编：冼志良
责任校对：李瑞苑

他 们 俩
TAMEN LIA

广东旅游出版社出版发行
（广东省广州市荔湾区沙面北街 71 号首、二层）
邮编：510130
电话：020-87347732（总编室）　020-87348887（销售热线）
投稿邮箱：2026542779@qq.com
印刷：三河市天润建兴印务有限公司
地址：河北省三河市泃阳镇中门庄村
开本：880毫米 ×1230毫米　32 开
字数：160 千字
印张：10
版次：2020 年 5 月第 1 版第 1 次印刷
印次：2023 年 10 月第 1 版第 3 次印刷
定价：49.80 元

序

最美的相遇，
不过是你刚刚来，而我恰好在

“某位英国作家提到自己的美满婚姻时写道：‘见到她之前，我从未想到要结婚，我娶了她几十年，从未后悔，也从未想要娶别的女人。’”

他说：“我和他一样。”

她说：“我也一样。”

茫茫人海，人与人之间相遇的概率有多少？相遇的人，恰好彼此懂得、相互欣赏的概率，又有多少？

人们总爱追逐完美的爱情，却常常忘了那个与我们最有缘的人，不知何时才能遇见，也许寻觅一生都无法相遇。正因为如此，将人与人之间的心灵相通说成是奇迹，也毫不过分。

他是钱钟书，曾经的清华狂才，后来的《围城》作者；她

是杨绛，曾经的东吴娃娃，后来的贤妻才女。

如果这世上真的有命运的相遇，有缘分的注定，那么他们相伴走过的人生，大约便是最好的写照。

从浩瀚书海中来，到文学高塔中去，再难听闻这样的爱情。他钟情于书，她恰好嗜读如命；他志向不大，只想做做学问，她恰好志趣不高，有书钻研便好；他喜爱的清华园，恰是她梦寐以求的学府；他有想去留学的打算，她恰有同样的心愿……

不曾早一步，也没有晚一步，刚好的相遇，刚好的相恋，有着刚好的情致与温度，仿佛是初春时节的熏然微风，冬末时节的微凉晴雪，更像是盛夏清晨的荷上露珠、深秋午后的明丽暖阳，一切都美妙得恰如其分。

他笨拙而孩子气，所有的机敏，都让给了他爱的学问；她沉着而决断，所有的体贴都献给了“我们仨”。

他没有很好，却恰有她欣赏的模样；她不觉辛苦，却是他眼中最好的妻。

仿佛是生命中互不可缺的另一半，只有找到了对方，他们的人生才称得上圆满，从此风雨同舟，风霜雨雪，春华秋实，看尽毕生的风景，让生存变为生活，让每一帧幸福里都有彼此的相伴。

有一种情缘，叫钱钟书与杨绛；有一种爱情，只有死别，誓不生离。

目录

第一章

初见：记得曾经少年时

『花无重开日，人无再少年』，那些年少的光影，铸成后来的我们，也留存为心底最深的记忆与追念。

钱氏钟书

一梦江南

小桥流水，石苔微润，氤氲的宁静里，有着细软的悠长。江南的美，是三月的烟树、四月的繁花，是盛夏明丽的荷塘，也是秋冬迟来的薄雾，还有那人那语，宛若一首首未及谱写便沉入月色的诗句，揉碎在文人旖旎无边的梦中。

西湖似少女，因苏轼的赞誉而名声远扬，太湖却如温婉少妇，波光柔和，映照着身畔富饶的鱼米之乡，留过客停驻，引离人眷念，相比初遇时的悸动，人们记得更多的，是她悄然入心的湛澹与慷慨。

长江南，太湖北，运河之上有无锡，这里是江南文明的发源地之一，有文字记载的历史，可以追溯至商朝末年。这里自古便得名丝都、米市，经济发达，贸易繁荣，在浓厚的文化传承之下，对于新事物的认同与接纳，也像无锡这座古城一样，充满自信与开放。

故事将从这里起航，生于这里的两个人，在后来几十年的光景里，染上京华的烟云，撷取欧游的霞光，最终世事翻覆，再缓缓停落在他们最初相识的地方。

太湖水微漾，千百年来不曾有变，几十年不过惊鸿点水、倏忽一瞥，但在钱钟书与杨绛身上流淌的几十年时光，却写就了他们漫长而多彩的一生。

无锡钱氏

1910 年 11 月 21 日，已是初冬时节，终年明丽的江南，此时也不免冷风阵阵，微黄的落叶纷飞，就连钱绳武堂色彩厚重的青砖高墙，也抵不住点点湿冷，朱漆的大门，也跟着染上萧索的气息。深宅中，伴随着喜人的啼哭声，一个男婴诞生了。

他便是钱钟书，这座钱绳武堂，将记录他最无忧无虑的童年和少年时代以及崭露头角的青年时期。

无锡当地的大家族中，有荣、唐、薛、秦、杨，当然，也有向来就是书香门第的钱家。钱，作为中国大姓之一，“始得姓于三皇……卜年三千”，而无锡钱家的历史可以追溯到吴越王钱缪。钟情于文学的人，即便不知吴越王是何人，也一定曾为他的名句倾倒过。

“陌上花开，可缓缓归矣”，传说钱缪不擅文章，但这不过 10 个字的短句饱含深情，却似乎注定了钱氏一族的才情与风雅。

书香门第，定有书卷清气代代相传，钱家祖上文人累累，钱钟书的曾祖父钱维桢是清朝贡生，曾经创办江阴全县义塾，与晚清时期资产阶级改良派领导人冯桂芬交情甚好；祖父钱福炯在兄弟中行四，大哥钱福炜曾为举人，二哥钱熙元为贡生，江南乡试副举人，钱福炯更是娶了江阴富豪孙家的女儿为妻。可以说，钱家不止文人辈出，在无锡当地的势力也不容小觑。

汝父基博

钱钟书的父亲是著名的国学大师钱基博。钱基博在兄弟中行三，其中二哥基治早亡，钱基博与四弟钱基厚是孪生兄弟，与大哥钱基成相差 14 岁。他 5 岁开蒙，“于车尘马足间，也总手执一卷”，16 岁便写下近 4 万字的《中国舆地大势论》，刊登在梁启超主办的《新民丛报》上，以一文征天下。后来，钱基博的《说文》发表在《国粹学报》上，江西提法使陶大均看到后大加赞赏，将钱基博招到麾下，那一年，初出茅庐的钱基博只有 22 岁。

自古乱世出英雄，但英雄都爱文韬幕僚，钱基博不群的能力，引来了直隶都督赵秉钧和江苏提督冯国璋伸出的橄榄枝。

不同于关心政治的弟弟，钱基博醉心文学，不喜酬酢，是当时传统的文人大儒典范。他虽然思想偏向旧式，专研古文，却深信只有变革才能拯救中国，正因怀着自己的革命理念，钱基博没有丝毫动摇，而是婉言谢绝了这些机会。

辛亥革命爆发后，钱基博出任锡金军政分府秘书，撰写《光复志》，后来又应苏浙联军总参谋顾忠琛的聘请，前往安徽任援淮部队总司令部少校参谋。部队改编为第 16 师后，钱基博晋升为中校衔，担任副官参谋，被调入江苏都督府，跟随部队驻扎在镇江。

宋教仁的遇刺，宣告了二次革命彻底失败，一时间人心涣散，钱基博也意识到仅凭一己之力根本无法力挽狂澜，于是他回到无锡，在一所国小担任教员，投身教育事业。

当初，钱基博以文学成就著称，月收入约 200 元，进入国小后，每月的收入只有 20 元，校长因此一度觉得对他有所亏欠，但钱基博却不以为意，他说："你不要小看我，我家三世为童子当启蒙师，这是我家传之业，我很以之为荣！"

正是因为钱基博为人盛赞的文学素养，以及淡泊名利的人品，让身为清末状元的张謇曾发出这样的盛赞："大江以北，先生无人能及。"大概也只有这样的钱基博，才能将儿子培养成后人所熟悉和盛赞的钱钟书。

几易其名

钱钟书出生时，作为钱家长房的钱基成无子，只有一个女儿，于是按照习俗和祖父的命令，他被过继给大伯抚养。他出生那天，刚好亲友送来一本《常州先哲丛书》，伯父便以此为其取名“仰先”，字“哲良”。

周岁时，钱家为这个叫“仰先”的婴儿举行抓周。面对眼前的几样物品，这小小的婴儿却扑向了离他更远的一本书，于是，按照家谱“钟”字辈的分排，他有了新的名字——“钟书”，这似乎也注定了他的爱好始于书，终于书，一生钟情于书。

因为唤作钟书，于是仰先成了乳名，家人都唤他为“阿先”。可是，“先儿”“先哥”听起来总像是“亡儿”与“亡兄”，无论是唤的人还是听的人，都觉得不那么吉利，于是人们口中的“阿先”又变成了“阿宣”，只有父亲仍然唤他“阿先”。

幼年的钱钟书对为人豪迈英武的项羽非常佩服，八九岁时，每当他临摹了书中插图，总要以“项昂之”署名，这是他为自己取的第一个别号。而出自元好问诗句“枯槐聚蚁无多地，秋水鸣蛙自一天”的别号“槐聚”，以及出自韩愈《毛颖传》的笔名“中书君”，则都是成年之后的笔墨风情、文坛雅话了。

钱钟书10岁时，父亲钱基博发觉他快言快语，爱发议论，又喜臧否人物，于是为其改字“默存”，语出《易•系辞》“默而成之，不言而信，存乎德行”，本意是希望他日后能学得更加内敛含蓄，少言多思。

“慈母”伯父

钱钟书诞生后，伯父兴奋异常，他冒雨连夜前往乡下寻找奶妈。钱钟书的奶妈是一名寡妇，遗腹子出生不久不幸夭折，这位被钱钟书唤作“姆妈”的可怜女子，有时会因为想念丈夫和孩子自己发呆，因此家人在背后都叫她“痴姆妈”。当幼年的钱钟书表现出俏皮和幽默的性情时，他看起来既不像父亲那么一本正经，也不像母亲一样沉默谨慎，大家都说他是吃了痴姆妈的奶，自己也添了痴气，不过当时不会有人想到，这一团痴气中，也藏着文学的天才之气。

虚岁4岁那年，钱钟书便跟着伯父读书认字，因为伯父的管教过于宽松，生父钱基博颇为心急。长到6岁时，在钱基博的提议下，钱钟书被送入当地的秦氏小学。谁知读书不到半年，钱钟书就生病了，伯父心疼他，便留他在家里读书。7 岁那年，钱钟书又和堂弟一起进入亲戚开办的私塾附学，但最终因为不方便，堂兄弟两人的教育都被伯父接管了。

伯父不仅是钱钟书的启蒙老师，更像是一位慈母。他时常带着钱钟书闲逛，去郊外踏青，去酒楼吃饭，钱钟书也是形影不离地跟着伯父。

可是，伯父身上保留着旧时名士的习气，他每天上午都要去茶馆，教学时间只有下午。每次钱钟书都跟着一同去茶馆喝茶或是听说书，伯父会买一个铜板的大酥饼给他吃，再花两个铜板租通俗小说给他看。

因为钱氏家族对西洋文化略有抵触，所以钱钟书在家时接触的书籍都是《尔雅》《论语》《孟子》等国学典籍，后来读《西游记》《水浒传》《三国演义》等古典小说，到了书摊上，又通读了《济公传》《说唐》《七侠五义》等通俗小说。

钱钟书读了那些生动有趣的故事，回家后还会给弟弟们一边复述一边表演，就连书中人物使用的兵器，都能清楚地描述出来。但这也让他多了不少疑问，比如："一条好汉为什么只能在一本书里称雄？"那提着 80 斤青龙偃月刀的关羽，若是遇见《说唐》里用800斤大锤的李元霸，必输无疑；若李元霸遇见《西游记》里手握1.3万斤金箍棒的孙悟空，一样是打不过。这种善于融会贯通的读书和思考习惯，在不到10岁的钱钟书身上，已经初具雏形。

做“大总统”

少年时代，记忆最多的是欢笑游玩，而非埋头苦读，钱钟书也是一样。

跟随伯父的生活是愉快的，除了去茶馆，钱钟书还时常跟着伯母回江阴娘家，一住就是一两个月。伯母娘家人吸食鸦片，后来伯父也染上了烟瘾，作息变得很不规律，钱钟书常常半夜醒来，跟着伯父、伯母一起吃宵夜。

对小孩子来说，这种无拘无束的生活是快乐的，但一回到无锡老家，他就要应付父亲钱基博的盘问。他的数学很差，钱基博一有机会就抓他来教导，若是学不会，钱钟书便要被父亲拧肉，因为怕钱基成听到，钱基博甚至不准钱钟书哭。

但到晚上脱了衣服睡觉时，伯父还是能看到他身上的青紫块，他虽然不说，也一样地心疼。

于是有一天，伯父从理发店买来好几斤头发，带着一名佃户和钱钟书前往祖坟，在代表长房风水的上首方向，将头发埋在一排排树木的根部，寓意子孙发达。伯父自觉没有出息，他生怕这样的风水连累钱钟书，埋下头发后，他对年仅七八岁的钱钟书说："将来你做大总统。"

那时，钱钟书并不理解，所谓的"做大总统"，并非是要他真的当那官职，伯父只是满心希望他能有出息。

事实上，伯父的心愿实现了。在很多年之后，钱钟书成为中国的文学泰斗，被誉为"当代第一鸿儒"，虽然权势可能不及，但声名绝不在大总统之下。

小时候的岁月，因为没有忧虑，总觉得悠长安稳，今天和明天没有分别，明天与以后，也不会有什么不同。被呵护的孩子，总是最欢乐，而这样的欢乐，倏忽之间，已是10年。

伯父之逝

如果说那个年代的孩子接受的大多是被四书五经包围，

埋头不知窗外事的“圈养”教育，那么钱钟书一定是个特例，他是在“散养”中长大的。

眼看儿子跟着伯父、伯母晚睡晚起，养成贪吃贪玩的习惯，钱基博开始担心钱钟书的前途，他没办法直接批评钱钟书或是指责兄长，于是提出让钱钟书进入新式学堂学习。

1920 年，清政府已灭亡多年，11 岁的钱钟书与相差半岁的堂弟一起考入东林小学。

这间创立于北宋年间的书院，最著名的便是那副对联：“风声雨声读书声，声声入耳；家事国事天下事，事事关心。”这间曾名为东林书院的老学堂，在 1901 年被光绪帝改设为小学堂，后来又改名为东林高等小学堂。这所四年制高等小学，培养了很多后来的知名学者，比如社会学家陈翰笙、音乐史学家杨荫浏，等等。

就在钱钟书考入东林小学的那个秋天，疼爱他的伯父去世了。伯父病危时，钱钟书还没有放学，当他哭喊着回到家时，伯父已经不省人事。伯父病逝时 48 岁，这是钱钟书第一次体会到生死之痛。

少年哪识愁滋味，猝不及防的永别，成为钱钟书幼小心灵上一道深深的伤痕，他悲痛不已，写下了《题伯父画像》。这篇文言文不到200字，开头便说："呜呼！我亲爱之伯父死矣，不得而见之矣。可得而见者惟此画像耳。"

这是我们能窥见的钱钟书最早的文字，与他后来风趣严谨的文笔相比，这篇文章自然稍显稚嫩，但却满含了情真意切，对伯父的不舍溢出纸面，读来令人戚戚，仿佛昭示着一代文学大家最初的萌悟。

东林学子

寒窗总苦读，不曾有过奋发的岁月，何谈他日的收获？钱钟书也到了自己人生中最关键的时期。踏入东林小学的校门，他将为自己其后的人生打下基础，他的才情，也同样被慢慢唤醒。

伯父去世后，钱钟书仍旧跟随伯母生活，但他的教育问题由钱基博接管。严师出高徒，更何况这位严师是对钱钟书无比了解的亲生父亲。

进入小学后，钱氏兄弟的文史课成绩极为出色，但由于一直没有系统地学过数学，钱钟书总是跟不上老师的教学，甚至还需要补考。

身为国学大师的钱基博开始亲自教导钱钟书，除了数学，文学诗词、经史子集也要继续研习。同时，踏出家门的钱钟书接触到了西洋文学，如梁启超翻译的《十五小豪杰》，以及引起他极大兴趣的《林译小说丛书》。晚年的钱钟书在自己的文章中写道："商务印书馆发行的那两小箱《林译小说丛书》是我十一二岁时的大发现，带领我进了一个新天地，一个在《水浒传》《西游记》《聊斋志异》以外另辟的世界。"林纾的译著让钱钟书开始下决心学好英文，以便更轻松痛快地阅读西洋文学。

大约在每个父母心中，自己的子女都可以做得更好。这一时期，父亲对钱钟书的作文水平仍旧不满意，但在同龄人当中，他已经是佼佼者，学校草庐后面的走廊——揭示成绩的地方，总有钱钟书的名字。他的作文，篇篇都是好文章，才子之气，初露于这座江南小城中。

钱钟书虽是才子，却也特别顽皮。一次下雨，大家都穿皮鞋上学，他却穿了伯父的钉鞋，因为太大，鞋头里还塞了纸团。上学路上，雨声点点，青蛙蹦跳，钱钟书玩心突起，脱下鞋子去捉青蛙，将捉到的青蛙全装进鞋子里。

进了教室，钱钟书把钉鞋放在书桌下，很快，青蛙便爬得到处都是，教室秩序大乱，他也因此受了老师的责罚。除此之外，他还用弹弓和泥丸在课堂上打过人，这次的惩罚自然比捉青蛙那次还要重一些。

在苦学与顽皮相互交织的岁月里，钱钟书的小学时光悄悄流走不见，只留下欢乐的记忆，以及懵懂中难以觉察的性格痕迹。

苏州求学

1923 年，钱钟书与堂弟从东林小学毕业，一起考进苏州桃坞中学初中部。这是一所教会学校，师资力量也相当雄厚，师生完全用英文交流，这让钱钟书的英语进步迅速，基础也相当牢固。

小小的苏州城，比无锡更加灵秀美丽，河道绵密，园林散落，古镇桥头，水色碧如天，画船轻留痕。这座城，这所学校，记录着钱钟书发奋读书的醒悟与转折。

中学时代，钱钟书的国文优势依旧醒目。学校每年举办对全校学生开放的中英文作文竞赛，钱钟书在入校后不久便摘得了中文作文竞赛的第七名，到后来，他更是常居榜首，很少有人能比过他了。

似乎每个孩子都经历过这样的痛苦：学得好的那些科目，总能得心应手；学不好的科目，仿佛永远都不可能学好。和钱钟书的国文成绩同样稳定的还有他的数理成绩，一如既往地不理想。

后来成为中国生态农业奠基人的叶谦吉先生（曾与钱钟书是同学）回忆起学生时代的趣事，他说曾经有那么一次，他看到钱钟书画的解析几何图，说："这种图如果交上去，一定不及格。我帮你画，保证你能得甲等，你来帮我写中文作文。"当时，钱钟书很开心地同意了，于是最后，他们两人的成绩都是甲等。而叶先生也在多年后感叹说："没想到这辈子唯一的'作弊'，竟是和大文豪钱钟书合谋而为。"

也是在桃坞中学就读的时候，钱钟书因为父亲的一顿痛打，从此发奋努力起来。

一年暑假，钱钟书与堂弟回到无锡老家，在清华任教的钱基博也回来了。他回到家的第一件事就是让兄弟俩各自写一篇文章。堂弟的文章受到了夸奖，钱钟书却因为文章不文不白，用字平庸而被钱基博怀疑是应付，因此挨了打。

那一年，钱钟书15岁，这件事成为钱钟书一生无法磨灭的记忆，从此他开始发奋读书，也是从那个暑假开始，他才知道有《古文辞类纂》《骈体文钞》《十八家诗钞》等书，并开始进行系统地阅读。

后来，他的文章中有时嵌入些骈俪之句，渐渐得到父亲的赞许，也可以代父亲写信、写诗，但在诗作方面，钱基博却并没有对他进行过多指导。

当北伐军队占领江浙沪，桃坞中学也因此停课，钱钟书和堂弟转入无锡的辅仁中学。在这里，他依旧是成绩优异的“名人”。高二那年，学校举办国、英、算三项竞赛，钱钟书获得国文、英文第一，堂弟则摘取了国文、英文第二和数学第一。

父亲的严厉管教终于在钱钟书身上收获了成效，钱基博对他也越发满意。一次，商务印书馆请钱基博为钱穆先生的《国学概论》写序，钱基博想试试钱钟书的水平，便悄悄让他代笔。钱钟书写好后，钱基博与钱穆反复讨论，没有发现可修改的地方。钱基博的脸上满是笑意，那一年，钱钟书19岁。

此时，他是父亲颇为赏识的儿子，已经不复挨打，而前方，还有更加壮阔的人生道路等待着他去探索和发现。

告别故乡，北上京华，在清华崭露头角，在清华伉俪相遇，属于一代大师钱钟书的人生，即将缓缓展开。

从此，故乡成为时光回忆里，一层层昏黄温暖的影像；从此，故乡成为冬与夏的交替，成为一次次归返的港湾。

杨家季康

杨家虎头

一方水土，一方风物，养育了一方人情、一方风雅。在美丽古老的无锡小城，除了门庭深深的钱家，还藏着家史悠久的杨家，钱钟书未来的夫人杨绛，便出生在这个后来被她称为“寒素人家”的书香门第中。

杨绛的父亲杨荫杭，生于1878年，字补塘，又名虎头，笔名老圃。生于知识分子家庭的杨荫杭，本应成为一名饱读诗书的风雅文人，但身处乱世，他亲眼目睹、亲身体会了清王朝的衰败残喘。

强弩之末的气数让他在年轻时代便立下志向，虽是文人，也当以笔为枪，荡涤腐朽。从这个目标出发，他最终成为清末民初著名的知识分子和革命先进分子，他是颇有名望的律师，也是刚正不阿的官员。

他的性情与追求注定了他的人生道路坎坷颠沛，即便如此，猛如虎头的他，面对命运的风雨和现实的黑暗，却始终不屈。因为他相信，既然无错，何须退让。

1895 年，17 岁的杨荫杭考入北洋学堂。学生风潮中，杨荫杭原本置身事外，但当看到其他学生在洋人面前畏首畏尾、默不作声时，杨荫杭愤怒了，他挺身而出，顶撞洋人，和带头闹事的学生一起被学校开除。之后，他转入南洋公学，并取得公费留学资格，前往日本早稻田大学读书。

在日本留学期间，杨荫杭接触到欧美政法方面的著作，这对他的思想和志向都产生了极大影响，甚至就此改变了他的人生道路。他与同学一起组建了励志会，创办《译书汇编》，翻译连载卢梭的《民约论》、孟德斯鸠的《万法精义》等政法著作。暑假回乡时，他又在无锡创办励志学会，传播新的思想与理念。

1902 年，杨荫杭本科毕业后回国，进入北京译书馆工作。

后来译书馆停办，他回到无锡担任上海《苏报》《时事新报》《大陆月刊》编辑和撰稿人，并在中国公学、务本女校等学校任教，同时创办“理化研究会”，呼吁人们学习英语和理化科目。

一个人越出色，他的存在就越是醒目，尤其是当他的思想和执政集团产生冲突的时候。

回到无锡的杨荫杭不肯对家祠中的祖先叩头祭拜，甚至公开鼓吹革命，宣传先进思想，因此，他很快受到清朝政府的注意和追捕。无奈之下，杨荫杭只能告别结婚 8 年的妻子唐须婺，在 1906 年再次出国留学，流亡避难。他先入读早稻田大学，一年后取得法学学士学位，再前往美国宾夕法尼亚大学攻读硕士学位。

1910 年，杨荫杭回到北平，在一所政法学校教书。1911 年 7 月 17 日，他的第四个女儿在北京出生，取名杨季康，乳名阿季，她就是钱钟书未来的夫人，未来著名的文学家、剧作家、翻译家杨绛。

一个人的品格以及他想要维护的正义，从不会因为家庭和处境发生变化，四女儿出生后，杨荫杭依旧迁徙往复。

辛亥革命前，杨荫杭举家回到南方做律师，同时出任《申报》编辑，后来又担任江浙地区高等审判厅厅长。1915年，在对一名杀人恶霸的判决中，因为主张司法独立，杨荫杭与当地官员意见相左，因此离开南方，重入京城，担任京师高等检察厅的检察长。

过于正直的人无法在黑暗的年代里从事法律工作，因为他们总不肯将法律的公正，献祭在官僚权力的脚下。不去做官，也许是对自己最好的放逐，对志向最好的保护。

幸福童年

如果说影响一个人品性的，是故乡数代的传承与父母的熏染，那么决定一个人眼界的，一定是从小生长的环境。

杨绛出生时，上面已经有三个姐姐，但她是杨荫杭从美国留学归来后的第一个孩子，因此受到父亲的万般宠爱。她出生时很短小，长大后在姐妹中也是最矮的，杨绛的三姑母杨荫榆曾说，小时候抱她时手要离得近些，不然就会掉下去，但父亲总是极疼爱地说："猫以矮脚短身者为良。"

爱笑的女孩子运气都不会太差。杨绛是爱笑的，初到世间的几声啼哭后连连的笑声，注定了她未来的一生都将积极而乐观。

她出生时，大姐和二姐都在上海启明学校寄宿读书，三姐跟着奶奶和大伯母住在无锡老家，所以，杨绛虽是第四个孩子，却成为父母在北京唯一的女儿，独宠在身。

第一次回江南时，杨绛尚小，没有留下什么印象，但江南柔雅的风物，在她性格初成的岁月里，一定留下了难以磨灭的美丽印记，潜藏在内心深处，陪伴她慢慢长大。

再随父亲回京时，杨绛只有4岁，却早慧聪颖，能记住很多事。比如他们当时住的房子，房东是满族人，女人们穿着旗袍，梳着满人发型，穿着高高的“花盆底”鞋子，走路一步一晃，却不会摔倒，这让小杨绛感到非常新奇。

两年后，杨绛从贝满幼儿园毕业，进入女师大附小读书，她的三姑母杨荫榆则在女高师担任学监。因此，杨绛常常被女高师的学生带到大学部去玩，那里和小学部有着完全不同的光景，高高荡起的秋千，让一个小小的女孩感受着被人喜爱的快乐。

最风光的一次，大概要算女高师学生举办的那场恳亲会。学生们准备了整整三天的戏剧，还请来可爱的小杨绛出演花神。为了这个角色，大姐姐们围着小杨绛，把她的牛角小辫盘在头上，插满了花朵，裙子上也贴满了金花，动一下就闪闪发亮，像极了从山间走出的百花小仙子。

如果人生可以选择，每个人都会希望童年的快乐永存，希望世事能如秋日阳光，清澈平静，希望一切皆如我们所愿，安稳到老，幸福恬然。

但命运之所以未知，恰是因为它从来都没有选择的余地。从出生的那一刻起，我们的人生注定写满变故，涂满风雨，是个人的选择，也是时代的伤痕，说不清，道不完，只能一步步向前，被命运的车轮推动着。

北平的快乐时光随着时局的纷乱，仿佛在转眼间便宣告结束了。

京城之变

孩童的世界总与成年人不同，他们的生活更加被动，身边发生的事，并不以孩童的愿望变化，但他们却不得不身处其中，用自己最独特的视角、最敏锐的感官，记录和感受着整个家庭的变化。

1917 年 5 月，交通部总长许世英因受贿被捕，时任检察长的杨荫杭因为证据充分，拒绝了许世英的保释请求。但此人在北洋政府中裙带关系复杂，一夜之间，杨家接到的求情电话不断，国务会议甚至做出许世英无罪的裁决，转而对杨荫杭进行停职处理。

6月，张勋复辟，京城一片混乱，革命分子杨荫杭遭到重点打击。官场的黑暗，让杨荫杭心灰意冷，他不再勤于公务，而是和留学日本时的同学、植物学家王子年结拜，一同到百花山采集植物，制作标本。后来，他更是卖掉家中的马车马匹，遣散马夫，只留包车。

那时的小杨绛并不明白发生了什么，外面的世界那么复杂，盘根错节的因果缠绕，她无法理解，父母也绝不肯向她多解释什么。她只知道父亲的生活变了，他的情绪也跟着变了，变得懒散而忧伤，变得心事重重。

又过了几个月，突然传来消息，说杨绛在上海读书的二姐染上风寒，病重住院。从北京到上海，路途何其遥远，不幸的是，当时因为天津发水，铁路交通中断，母亲唐须嫈不得不花费更多的时间换乘轮船，辗转匆匆，好不容易赶到上海，却见女儿瞳孔渐散，花事凋零，在不足15岁的年纪，离开了这个世界。

这是小杨绛第一次失去至亲，她并不太理解生死，却懂得父母的一夜苍老，也懂得从此以后，她的二姐再也不会回来，那种茫然无措的感觉，比痛苦更空旷、更不安，也更无处消解，纵然忍不住落泪，也流不出心底的哀伤。

两年后，父亲递交了辞呈。才读小学三年级的小杨绛并不知道发生了什么，她只是发觉原本很少出门的母亲，游览了颐和园、香山等京城名胜，还买了很多特产，比如绢花，比如梅花点舌丹、紫金锭等名药。

是要做什么呢？先是父亲变了，接下来又是母亲，他们的家，整个变了。这变化的背后代表着什么，小杨绛不能领会，这变化又意味着什么，小杨绛无法揣测。她只是父母燕巢中的雏鸟，还不会飞翔，还不懂寒暑。

对政府极端失望的杨荫杭根本不等辞呈批复，便带着全家南下了。就这样，仿佛是很突然的，北京这座城市便从小杨绛的生活中被抽离掉了，就像一场白日梦，转眼惊醒时，仍是白昼，却风物两异。

再次南归

每个孩子，都曾感到过无能为力，当生活因成年人的规划和决定而受到影响，他们仿佛是身不由己的羔羊，被引领着慢慢向前走，那些无法决定的去留，成为每个孩子初识人生的欢笑、悲伤和遗憾。

那是一个寻常的清晨，小杨绛还在院子里玩耍，父母突然说要离开，一切都变得不再寻常。众多的书箱、网篮、行李被搬上车子，父亲还将那只喜爱的黄白相间的狮子猫，装进一只纸篓随身带着。

郑重的告别，都是精心策划，而那些来不及告别的分离，总是记忆里最懵懂的伤感。

去火车站的路上，小杨绛遇见一名同学，她这才意识到自己甚至没机会和同学们好好道别。少时难知愁滋味，此刻的她，却心生惆怅，她央求对方帮忙向同学带话，就说她“回南了”。

那天赶来为父亲送行的人很多，不是一堆一堆，而是一大片。那隆重的场面，是属于父亲的荣耀，也是离开北京时小杨绛记忆最深的场景。

一家人的旅行，总是缓慢而周折，因为拖家带口，因为行囊繁赘。从北京到天津，一家人先住了两天客栈，之后乘渡轮前往上海。一路上经历了晕船，看过了日出，终于在两三天后抵达上海码头。

但他们的迁徙还没有结束，从上海到无锡，还有一段悠长的水路要走。杨荫杭包下一艘“拖船”，将行李堆在后舱，人睡前舱，沿着河流摇晃着前行，一家人凑在一起，热闹而悠闲。又是两天时间，拖船在无锡泊住，杨家的第二次南归，才终于圆满落幕。

回到无锡后，他们没有搬回老宅，而是住进提前租好的房子里。这座位于沙巷的宅院很大，前面两进院子已经有了租户，杨家住在最后一进院落。

属于他们的院子背面临着河，屋前是一个小小的庭院，厨房与宅院后门之间是一条小河，上面架着木桥。小杨绛很喜欢这个院子，因为在自家的院子里就能看到河上船只来往，这是专属于水乡的景致。

孩子的目光总与成年人不同，小杨绛眼中的好，在杨荫杭夫妇看来，是隐患，也是打扰，他们对沙巷的住所并不满意，但一时间也没有找到合适的房子。

为了寻找更为合适的住所，他们曾带着小杨绛前往流芳声巷看房子，但那里刚好被钱家租住。那是小杨绛第一次踏入钱家大门，当时没有人会想到，在历经十多年的兜兜转转之后，她会重回北京，邂逅钱家的才子钟书君。

沙巷旧事

无声的岁月里落满尘埃，每走一步，都可能发现被遗忘的宝藏，每走一步，都可能踏入陈年的灰土堆，是惊喜，亦或是狼狈，不过命运翻覆，在所难逃。

南归后的生活，虽然远离了政治漩涡，却也并不是一帆风顺。有一次，不知是因为生食，还是因为河水不干净，吃过“炝虾”的一家人全都病倒了，其中杨荫杭病得最厉害，直烧到胡话连连，小杨绛则因为不敢吃活的，成为全家唯一一个幸免于难的人。

当家里人陆续康复后，杨荫杭却依旧病势沉重。因为他坚持不肯接受中医治疗，无锡唯一的西医来为他检查，再将血液、粪便送回上海检测，几个星期后才确定是伤寒，而早在第一次问诊时，中医便做出了正确的诊断。

杨荫杭病得最重时，无论是中医还是西医的药物都不见效，全家人彻夜无眠，大人们叹息着，孩子们紧张着，甚至连叫魂的办法都用上了。最后是杨荫杭的老友华实甫开出药方，死马当活马医。

那年的小杨绛还不到8岁，她清楚地记得自己的母亲是如何将中药伪装成西药的。母亲先将西药的胶囊倒空，之后装上珍珠粉，骗父亲服下。杨荫杭信以为真，当作西药认真服用，就是在这样的努力下，杨荫杭这个全家的顶梁柱，终于从生死线上被拉了回来。

那时，杨家有8口人，小杨绛下面还有两个弟弟一个妹妹，老家的祖母、大伯母一家、三叔的寡妻和女儿全都指望杨荫杭一人。

世事总难测，若杨荫杭真的病重不治，杨家子女的生活必将大受影响，更不要说接受教育，那么，这个世界上也许就会缺少一位文坛巨擘。

虽然杨荫杭对子女的教育非常重视，但重病期间却也无力多问，于是在母亲的安排下，小杨绛和两个弟弟一起到就近的沙巷口大王庙小学读书。

那里的校长和老师只有一人，姓孙，因为剃了一个光头，孩子们背地里都叫他“孙光头”。小杨绛在大王庙小学只读了半学期，却对那段光阴印象深刻。

“孙光头”会让他们大声朗读国文，还将“子曰”解释为“儿子说”，学校的女生玩游戏时不能随意跑跳，就连踢毽子也要到“女生间”去，这些都让爱玩的小杨绛感到不适应。

但是，这毕竟是她回南后最初的一段生活，即便杂乱慌张，即便诸多不适，仍然给她留下了深刻的印象。

后来，只要一想到“大王庙”这个词，记忆就会将她拉回那个地方，拉回那段时光里，新奇的、欢快的，却同时也是陌生的、惶惑的。

仿佛是一张图画，收纳了关于那段时间的所有声影，留在杨绛的脑海中，每次展开，都能看到那时的阳光，嗅到曾经河水流过时湿润的气息。

离家求学

家的美好，在于每一分秒的相聚与分享，离开后，对于家的回忆，成为深夜中的明灯，哪怕时隔多年远远回望，依旧令人感到温馨与怀念。

1920年冬天，小杨绛的大姐寿康回家过寒假，那时，她已经从启明女校毕业，留校教书。临近开学，大姐打算带三姐姐去启明读书，她说如果小杨绛愿意，也可以一起去。

小杨绛知道，父亲向来认为启明女校的教学非常好，可是母亲说起那里，却总忍不住泪水涟涟，因为二姐同康就是在那里染上风寒，花季殒命的。

对于不满10岁的小杨绛来说，这是艰难的抉择，她想去启明读书，但那样就意味着她要开始独立的生活，要离开温暖的家，离开亲爱的父母，只有放假才能回来。

即便如此，她最终还是决定了。一句“我愿意”还未从唇边离开，眼泪便簌簌地落下来，带着对父母家庭的不舍，添了对未知生活的担忧，沉重地从脸颊上划过，留下悲伤的痕迹。

离家的行囊，只有一个小小的箱子，还有母亲给的一枚崭新的银元，大姐送的细麻纱手帕，这两样东西被小杨绛当作记录离家时刻的珍宝，小心地藏在贴身口袋里，生怕不小心弄丢。

1920年2月初，她跟着大姐和三姐，踏入启明中学的大门。宽敞、明亮、整洁、气派，还有像母亲一样慈祥柔和的圣母像，一切都是那么新奇，却到处充满了挑战。

入学时，小杨绛参加了考试，按照各科成绩，学生们会被编入不同的班级，所以小杨绛身边的同学，年龄也各不相同，一时间很难找到合适的朋友。

不能很快交到朋友，只是住校生活中的小问题，对她来说，最大的挑战是学会生活自理。

启明女校是一所寄宿学校，小杨绛虽然和两个姐姐同桌吃饭、同寝睡觉，但早上铺床、梳头，晚上洗手帕、袜子，全都要自己完成。最麻烦的要数收拾帐子，小杨绛个子矮，每次收帐子，她都要踩着凳子，从床头到床尾，不断上下，才能将帐子搭好。

但所有的辛苦都很值得，所有的认真都会得到报偿，所有人都夸杨绛的帐子和床铺整整齐齐，听到这些，小杨绛的心里总是很得意。那是藏着自信的认同感，更是带着自豪的满足感，这些积极的情绪，督促着小杨绛继续奋进，成为更好的自己。

启明女校的校长和很多老师都是修女，开设的课程也非常丰富，在这里，小杨绛的中文、英文和其他课程都打下了坚实的基础。

在启明，她是淘气的“小鬼”，也是修女口中聪明伶俐的“宝贝”“达令”，她会帮陷在泥塘里的同学想办法处理裤子和皮鞋上的泥巴，也会在春季得到破例准许，跟着修女和年长的学生乘船去佘山瞻礼，寄宿生活过得欢乐而热闹。

欢乐能使人欣喜，却无法教人成长，启明的寄宿生活为小杨绛开启的，是通往新生活的大门，让她在独自生活学习的过程中，学会了独立思考和判断的能力，以及在集体中如何与他人相处，而这些，成为她一生的财富。

苏州振华

每个读过寄宿学校的孩子，都明白想家是什么感觉，哪怕身边有再多的朋友和姐妹，哪怕得到老师的再多疼爱，家，或者说父母，永远是他们最想依赖的归处。

在启明读书时，每月的第一个周末被称为“月头礼拜”，住在本地的学生可以回家，留校的孩子们就显得异常可怜。

熬过几个“月头礼拜”，大姐突然带着小杨绛和三姐离开学校，到申报馆去看父亲，并跟着父亲去吃西餐“大菜”。

这是意外的惊喜，那时的杨荫杭已经病愈，但依旧瘦而憔悴。小杨绛见了父亲，安静而乖巧，她不多说话，也不缠着父亲撒娇，而是很懂事地守在父亲身边，在经历了对她来说相当漫长的分离之后，能和父亲相伴，哪怕没有言语，也是一种幸福和满足。

第一年的暑假，小杨绛和两个姐姐回无锡度夏，暑假后不久，母亲便带着弟弟、妹妹迁到上海静安寺附近居住，杨家姐妹也成了在本地有家的幸福孩子，可以在每个“月头礼拜”开开心心地回家去，享受家的温暖和父母的慈爱。

1923 年暑假，父亲身体复原，带着全家迁居苏州，重新做起了律师。因为大姐和已故的二姐受学校影响，都成了虔诚的天主教徒，父亲决定为小杨绛和三姐重选学校，那时，小杨绛已经在启明读了三年半。

在三姑母杨荫榆的建议下，姐妹俩进入苏州振华女校读书。这里的校舍条件没有启明那么好，但校长王季玉办学有方，名师任教，教材也都是外国的最新版本，因为居住的面积较小，学生们彼此熟悉，与老师、校长的关系也非常亲近，气氛轻松欢快。

在振华读书期间，小杨绛先是住读，每周回家一次，后面的两个学期，她开始走读，每天都可以回家，与家人相处的时间也变得多了起来。

休息的时候，她会和病休在家的三姐，还有其他兄弟姐妹一起帮父亲打扫新家的院子，或者帮忙抓虫子换取零花钱。

那所坐落在庙堂巷的宅子里，果木成荫，夏天纳凉时，一家人坐在树下，看天河两岸牛郎望织女，也看北斗垂着勺，拦不住颗颗流星飞坠。

那段悠闲清静的生活，伴着振华的读书声，还有校长王季玉的音容笑貌，深深镌刻在小杨绛的记忆里，那些内心的温馨与富足，成为值得她一生回味的好光景。

最贵的你

每个孩子，都是上天赐予父母的礼物，宛若一颗种子，需要精心呵护，小心培养，哪怕家里儿女众多，每个孩子，也都是父母眼中最宝贵的那一个。

当初，小杨绛在北京出生，因为北方的接生婆手法比较重，所以小杨绛是由日本的产科医生接生的，整整花费了 15 块大洋，而她上面的 3 个姐姐都在无锡老家出生，一次只要 10 个铜板，加在一起不过 1 角大洋，姐姐们常说她是最贵的孩子。

对这个最贵的孩子，杨荫杭非常疼爱。这种来自父亲的关怀，总是沉默而用心的。

对小杨绛的教育，父亲总是很有耐心。他坚信女孩子学习不能太用功，容易伤身体，但是对于小杨绛爱读书的习惯，他却是支持和赞赏的。

在父亲的书桌上，总散放着几本适合小杨绛阅读的书籍，若是她悄悄地拿去读，父亲并不会夸奖，但若那书放了很久，小杨绛也没有碰，父亲就会将书收走，作为一种无声的责罚，再不拿出来。

从来身教胜于言教，父亲喜欢杜甫的诗，而小杨绛在高中时，接触了南唐后主李煜的词，非常喜欢，于是父亲说她“喜欢词章之学”。在振华读高中时，她读《道德经》《左传》，读原文的《大卫·科波菲尔》，也读《寄小读者》和苏曼殊等人的文章，国文课上，老师要求学生们做诗，小杨绛的习作有《悯农诗》和被老师批为“仙童好静”的《斋居书怀》。

假期在家时，她会读很多中文书，一次父亲问她："阿季，3天不让你看书，你会怎么样？"小杨绛回答："不好过。""一星期不让你看书呢？""一星期都白活了。"于是父亲满意地笑着，说自己也是一样。

似乎每个淘气的孩子，在内心里都是聪慧而敏感的，就像小杨绛早早便懂得，父亲"凝重有威"背后的慈祥与爱。

父亲会在饭后带着孩子们一起吃甜食，小杨绛手巧，擅长剥皮，所以父亲饭后的水果干果，都由她来剥皮去壳。午饭后吃完零食，父亲通常要午睡，孩子们总是会自动散去，但有一次，父亲却叫住小杨绛，对她说："其实我喜欢有人陪陪，只是别出声。"

从那天起，小杨绛便会在父亲午休时留在书房里，静静地陪在一旁看书，若是要去做什么，也都是蹑手蹑脚，非常安静，就连冬天为火炉添煤时，她也能轻巧地不发出一点声音。

女儿是父母的小棉袄，说得大抵如此。作为排行中间却受过独宠的女儿，幼年的小杨绛偶尔哭闹时，被父亲抱在怀里哼唱催眠曲，长大后，她便成了最贴心懂事的女儿，常伴父母身旁，在他们如长河一般的人生对话中，体会着家的温暖和夫妻之间相处的真谛。

东吴囡囡

学生时代，总能令人铭记，并非因为那时的花更红，风更暖，只因为那时的我们都年轻，因为那时的我们，有着一生再也找不回的青春韶华。

1928年6月，杨绛从振华女校提前毕业，她用五年时间学完六年的课程，但她常常叹息，说不如不早那一年毕业，因为杨绛毕业那年，她心心念念的清华大学虽然开始招收女生，但不对上海地区开放，到了第二年，她的同学和朋友蒋恩钿等人都考入清华外文系，若杨绛也是那年毕业，入读清华自然没有问题。

就这样，杨绛与清华失之交臂，她以第一名的成绩考取了南京金陵女子文理学院和苏州东吴大学，因为是家里第一个上大学的孩子，全家人，包括振华中学的校长王季玉都来提意见。最后众人决定为杨绛选择东吴大学，因为那里男女混校，可以和思想活跃的男生相互启发切磋，更容易取得进步。

初入东吴，杨绛很害羞，因此有男生作诗，称她“鬓丝初乱颊初红”。杨绛的面容姣好，红白分明，常被人夸奖。入校时，因为她梳着娃娃头，又姓杨，被大家唤作“洋囡囡”，闻名全校，甚至上了1930年东吴的校刊。

杨绛起先觉得洋囡囡是玩具，并不开心，后来发现同学们并没有恶意，便接受了这个称呼。同样在东吴读书的，还有她在振华读初一时的同学费孝通，他常常对想追求杨绛的男生说，他和杨绛是老同学，他们想“追”她，要走他的门路，但他自诩的亲密，却总遭到杨绛的直接反驳。

东吴大学没有文学系，杨绛学的是政治，但她并不感兴趣，这时的她，文学天分已经显露无疑，她是班里的笔杆子，中英文都很擅长。

传闻中，追求杨绛的男生很多，但事实上，杨绛收到的信，很多都是男生写来表示关心的，比如“你还小，当读书”等等，也曾有一个同学装作喝醉，塞给她一封信，却被杨绛直接退了回去。

1930年，入读清华一年的蒋恩钿劝杨绛转学，那年暑假，杨绛拿到了清华的准考证。可是，就在清华招生考试之前，杨绛的大弟弟患了重病，不幸去世，而杨绛也因此错过了清华转学的考期，而此时，随着外部政治局势的不断变化，学校里的空气也变得动荡起来。

圆梦清华

年少轻狂时，我们都以为世界很大，我们很自由，后来却发现，每个人的命运，都像是系在大船边的小艇，时代、环境、政治、家庭，一切的一切宛若无边大海，而我们在浪里漂泊，终是无法自由如愿。

1931 年冬，正当杨绛已经升入四年级时，东吴大学爆发学潮，学生代表组织罢课，禁止学生离校，要求政府接管学校，改制为公立大学。杨绛凭着自己的机智和果断，与好友周芬逃回家中，而这场学潮最终因为政府不予理会宣告失败。

东吴大学因此停课，开学遥遥无期，杨绛已经临近毕业，于是她托提前一年转到燕京大学的费孝通帮自己办借读手续。

1932 年初，手续办妥，但父亲对杨绛只身北上不大放心，于是杨绛约上孙令衔、好友周芬等4人同去，父亲这才同意。

那年2月下旬，杨绛和朋友们一起，经历了3天的车船辗转，北上入京。费孝通在车站接他们，这是他第三次赶来接站，前两次都扑了空，那时候通讯不发达，费孝通只知道杨绛一行人何时出发，一路上行到了哪里却无法随时了解。

接到杨绛等人，费孝通带他们到燕京大学东门外吃过晚饭，之后踩着冰面，横穿未名湖，分别住进燕大的学生宿舍，等待参加注册入学的考试。

参加完入学考试，杨绛兴冲冲地到清华去探望蒋恩钿，孙令衔与她结伴同行，先和杨绛一起找到女生宿舍古月堂，之后孙令衔再去看望自己的表兄——清华才子钱钟书。

好友相见，分外开心，仿佛移植异乡的花朵，忽逢故乡的春风，灿烂欣喜。蒋恩钿听说杨绛决定北上借读，建议她入读清华，明知杨绛在燕京大学的借读手续已经办妥，蒋恩钿还是坚持要帮杨绛打听借读事项。

也许，只有彼此最为亲密和了解的朋友，才会在看似尘埃已定的时候，仍然如此坚持。少时做伴的蒋恩钿知道，清华是杨绛的梦想，无论是东吴大学还是燕京大学，在杨绛心里，都无法与清华大学相比。

圆梦清华，是杨绛少时便有的渴望，作为朋友，蒋恩钿愿意为此奔忙。而此时，杨绛与蒋恩钿都不知道，从杨绛踏入清华校园的那一刻起，命运的轮盘已经开始转动，迈着悄无声息的脚步向她靠拢，从此，将开启她与钱钟书长达一生的缘分。

你来，我刚好也在

古月惊鸿

我一生看过很多风景，望过穿云的明月，赏过带露的娇花，品过明前的春茶，数过南归的旅雁，但最美的，却是初见你时，那如蔷薇初开般的面容。

3 月的北京，春寒未散，这里没有江南的花红柳绿，没有水乡的烟斜雾横，湖水的波光泛着凉意，就连风里也藏着冬的余音。北国的春天，白昼不长，阳光虽然明媚，却总让人觉得少了些温暖，日落后，更是四合苍茫，薄雾从人们袖口、领间悄悄侵入。

就是在这样的时节，清华女生宿舍古月堂门前，钱钟书第一次见到杨绛。

因为孙令衔约好与杨绛一同回去，钱钟书便和他一起，到古月堂门口等杨绛出来，顺便再多聊片刻，谁料正是这一等，便等来了命中注定的女子。

在茫茫人海中，你我皆如扁舟一叶，波涛涌动，世间漂泊，一个人能遇见另一个人，有多么难得？若是恰好在最美的年华，在最恰当的时机，在彼此盛放的时刻……正因为如此，一面之缘，缔结三生，两姓成姻，幸莫大焉。

这样人间难得的幸事，在清华早春3月的古月堂前，如春花般绚然绽放。

杨绛是特别的，不似寻常女生的娇柔羞涩，她是活泼热情、大方得体的，最令人一见难忘的，还是她那人见人夸的好面色，洁白红润，宛若晨花吐蕊，未见全开，却仿佛已能闻到阵阵花香。

多年后，钱钟书依旧对那一天杨绛的面色记忆犹新，文采斐然的他，怎会像苏州太太们一样，只能说出一句“面色好得来”？他将自己最深的印象，写进婉约美好的诗中，让那惊鸿一面，成为最富有诗意的回忆。

颉眼容光忆见初，蔷薇新瓣浸醍醐。

不知腼洗儿时面，曾取红花和雪无。

新开的蔷薇，娇嫩欲滴的色泽，仿佛浸在美酒中，漾出醉人的红晕。

那一天钱钟书的打扮，即便是在当时，也带着甩不掉的“书卷气”，他穿着青布大褂，脚上是一双毛布底鞋子，戴着一副老式眼镜。

但杨绛对这些都没有在意，因为即使是厚厚的镜片，也挡不住钱钟书睿智有神的目光，在杨绛眼中，这位当时已经闻名清华的才子，眉宇间“蔚然而深秀”，满身儒雅气质，既不平庸，亦不张扬，虽不是翩翩风度，却恰能与才气相得益彰。

大概这便是缘分，即便暮色四合，你在他眼中，依旧鲜艳得如沐春风；即便不随潮流，你在她眼中，仍是风雅得恰到好处，彼此不相熟悉的两个人，在第一次相见时便如惊鸿一瞥，念念不忘。

注定相遇

清华，这座无数学子心中的神圣殿堂，成为钱钟书与杨绛初次见面的地方。这一切说是缘分，但看似难以捉摸的缘分背后，却冥冥中自有定数。

杨绛的圆梦之路有多曲折，自不必说，就连她的母亲都笑说："阿季的脚下拴着月下老人的红丝呢，所以心心念念只想考清华。"

但是，即便是才气过人的钱钟书，想要进入清华也并没有那么容易。

1929年夏天，钱钟书报考清华，入学考试结果出来后，他的国文特优，英文满分，数学成绩却只有15分。按照规定，考试成绩只要有一门不及格就不予录取，可是钱钟书的另外两门成绩太过优秀，阅卷老师便将这个"难题"汇报给了当时的校长罗家伦。

无独有偶，校长罗家伦报考北京大学时，数学成绩零分，但国文却得到胡适先生的认可与推荐，被当时的北大校长蔡元培破格录取。面对和自己如此相似的特殊学生，校长罗家伦惊叹地称他是罕见的"奇才"，并同意破格录取钱钟书。

进入清华的钱钟书，很快向众人证明，自己不仅是“奇才”，还是“狂才”，刚踏入清华校园不久，他便说自己要“横扫清华图书馆”。这不仅仅是说说而已，接下来的日子里，钱钟书这一周读中文书，下一周读英文，周六时抱着一堆书去图书馆还书，再抱回一堆新书。

这样的日子一直在持续，就连假期也没有中断过，钱钟书记忆力很好，阅读速度也快，一两天就能读完一本书。他有做笔记的习惯，常用很粗的铅笔将书中的好句子画下来，并在旁边写上自己的评语，以至于很多同学都笑称，看书可以直接翻看钱钟书的笔记，省时又省力。

嗜书如命，大约便是钱钟书与杨绛最大的相似之处。当蒋恩钿帮杨绛办妥了借读手续，并和室友商量妥当，安排杨绛住进清华的女生宿舍，杨绛做的第一件事，不是去看未名湖的春花，不是去参观造型别致的礼堂和教学楼，而是径直前往图书馆。

拉开沉重的铜门，走入图书馆，地面是软木铺就，杨绛按捺不住好奇，趁没人注意，特意蹲下去摸那地板，还用指甲掐掐，发现掐不动，才知道所谓软木，不是用来做瓶塞的那种，但是一样可以吸收脚步声。

也正是在这里，钱钟书在一排一排的书架前翻阅、查看，如饥似渴地在书籍的海洋里遨游，横扫着这片广袤的知识丛林。

当人们都在感叹，钱钟书与杨绛为何能一见如故，相互欣赏时，清华图书馆里那常年沉默的厚重书籍，在悄悄发笑，因为，只有它们知道答案。

嫁娶传言

“这是我朋友杨季康。”

“这是我的表兄钱钟书。”

这不是杨绛第一次听闻钱钟书的名字，作为早她 3 年入学的清华“奇才”，钱钟书的事迹，杨绛早听好友蒋恩钿讲过，即便是在她们跨越南北千里频繁往来的书信中。如今见到本人，果如传言，蔚然有文人气息，文质相协，彬彬谦和。

钱钟书却是第一次认识杨绛，在他眼中，杨绛是与众不同的。但何谓不同，却是个难以界定的印象。文人语言，总带着含蓄与狡黠，我不知道该如何形容，如何概括，我只知道，在人群中看一眼，便能找到你，那是怎样的你呢？是即便第一次相见，也能在人群中一眼注意到的，与众不同的你。

古月堂前匆匆告别，两个初次相见的人，却都各自多了一份心事。但这两厢的心事，却遭到了中间人以讹传讹的干扰。

虽然只是一面之缘，钱钟书与杨绛却都曾向孙令衔问过对方的情况。说起钱钟书，孙令衔说他已经订婚，对钱钟书则说，杨绛已有男朋友。

钱钟书的“未婚妻”是叶恭绰的养女叶崇范，叶夫人很喜欢钱钟书，但叶小姐却芳心另属，所谓订婚，更多的是年长一辈的愿望。至于杨绛的“男朋友”，便是她在振华与东吴大学就读期间的好朋友费孝通，他一向以认识杨绛最久最熟悉自居，于是绯闻也在所难免。

缘分是一种很奇妙的东西，钱钟书的“未婚妻”叶小姐，曾与杨绛是校友，一想到叶小姐那活泼淘气的性格，杨绛下意识地就认为，她与文人气质十足的钱钟书不合适，而钱钟书虽然听说杨绛有“男朋友”，但“男朋友”毕竟不是“未婚夫"，而且他人之言即便凿凿，终不如直接问个清楚。

世间的犹疑和错失，大多是庸人自扰，有些努力，我们明知或许可为，却迟迟无法下定决心去尝试。但钱钟书身上，自小便带着"书呆子"般的痴气，这让他反而不会顾虑太多，异于同龄人的直率与单纯，本就是一种善良的勇敢，让他能够听从内心的愿望，在感情中迈出最关键的一步。

工字花厅

怯懦的人，观望机会；勇敢的人，相信直觉。

虽然听说杨绛有"男朋友"，钱钟书仍然提笔写信，将她约到清华工字厅，想就此事进行当面沟通。

工字厅在清华园中心，建筑造型别致典雅，因为前后两殿厅中间用短廊相连接，俯瞰时宛若"工"字，所以得名"工字厅"，而著名的"水木清华"，就在工字厅后面，那里有小山古亭，碧荷秀水，徘徊其间，有"风来荷气，人在木阴"的迷人情致。

画栋回廊，春风和煦，这是钱钟书与杨绛的第二次相见。

没有其他人在场，他们之间少了一些客套，却多了几分羞涩。

只有一面之交的两个人，此时仍是陌生的，但是，心思单纯的人不懂掩饰，性情活泼的人从不扭捏，钱钟书见到杨绛，毫无铺垫便开口说："我没有订婚。"

这样的解释稍显突兀，却是开门见山，满怀诚意，杨绛的回应也与众不同，她没有问钱钟书为什么要向她解释这些，也没有像很多年轻女孩害羞时那样顾左右而言他，面对钱钟书的澄清，她以坦率作出回应："我也没有男朋友。"

世间最遗憾的错过，是"侯门一入深似海"的门庭隔阻，是"恨不相逢未嫁时"的缘分戏弄，是"君生我未生，我生君已老"的年华玩笑，是一切的"得不到"和"已失去"，所以，能在恰逢锦时的岁月，能在命中注定的处所，遇见"男未娶，女未嫁"的彼此，才是令人叹为天赐的良缘。

你不远万里来到我面前，而我所有的准备，都是多余。从此，你我身边的空位，多了惺惺相惜的彼此，相互懂得的人，无需太多解释，相互欣赏的人，不会让对方等待太久。

这大概便是世间最美的相逢和相知，相随与相伴。

没有过多的解释，那急于表达自己尚未嫁娶亦无所属的心情，已经说明了全部。钱钟书与杨绛的缘分，也在那一刻开启，从风景秀美清丽的工字厅，跨越青春的韶华光景与奋进的学生时代，不徐不疾，从容而悠长地漫入他们的生命之中，结成仿若前生便注定了的，一世的牵绊与缱绻。

尺素传情

“遗我双鲤鱼，中有尺素书，上言加餐食，下言长相忆……”

再没有什么比薄薄的信笺更加神奇，它是那么轻巧，承不住水滴，禁不起揉搓，却能将满腹柔情折成一纸相思，两处闲愁，从寄赠之人手中，带着温热，被收信之人小心展开；字字过眼，句句入心，无论写下它的人，还是读到它的人，总会唇角微漾，眉间含笑。那样一种细腻而美好的心情，借着薄可透灯的信纸，带了细细的呢喃低语，宛若青鸟化蝶，在人间翩然流转。

有多久没有人为你写信了？那曾经盼望着收信的心情，你还记得吗？当现代人的融融心语，被快节奏的短信承载，当我们不再需要为了一封回信苦等，内心的触动反而少了许多，因为流淌在年华里最美的时光，正是怀着期盼的等待。

钱钟书与杨绛虽然同在清华读书，但他们的专业不同，学年不同，再加上两人都有读书的嗜好，所以相处的时间并不是很多。

每次下课后，或是钱钟书没有课的时候，他都会到杨绛上课的教学楼外等她。他们会一起到安静的气象台附近散步，走累了便坐在宽敞的台阶上，继续探讨问题。后来，因为有学生在附近发生实验事故，他们才将散步路线改在荷塘小路上，而那时的两个人因为对彼此越发熟悉，变得像一对情侣了。

但白昼总是短暂，对于彼此属意的两个人来说，即便是仲夏的夜，也嫌来得太早，那些散步时未说完的话，那些道别后、转身前突然划过脑海的一闪灵光，那些来不及留下你细说的念头和感悟，那些即便是谈到深夜、凌晨，谈到下一个日出也不觉腻烦的默契话题，要如何能关在心中，等待第二天的见面？

于是在每个分别后的夜晚灯下，在每个独自温书的思绪间隙，是洋洋洒洒的落笔成章，是缱绻不绝的书信往来，无论谈彼此的学业，谈读到了一本好书，谈之前讨论的问题，谈与其他同学或老师的辩论，还是谈当下的心情，都只是在表达一件事——在一封封书信背后，无不透露着业已成灾的想念，没有一字关情，却字字皆是情。

清华的邮筒就在校园里，学生之间的通信，常常是投入邮筒后立刻便可送到，于是每天女生宿舍的桌子上，都有钱钟书写给杨绛的信。

我不善言辞，我所懂得的，所擅长的，只有浅浅的学问和一些读书的爱好，我只能通过一叠叠的信纸，一篇篇的笔墨，将我的思念在笔尖揉成文字，热情而小心地堆砌在你身边，愿它们也能像园中饱满的蔷薇与月季，在你面前开出绚烂的春色。

一夕别后

或许在很多人的想象里，同是来自江苏无锡的钱钟书与杨绛，聊起天来应当是用着家乡柔软的语调，携着江南一地的乡情，然而事实总与想象大相径庭。

他们聊天时说国语，因为“没那么亲密”，他们通信时用英文，大约是因为两人都颇擅长，也因为这样彼此能锻炼和提高英文水平，他们相互推荐书籍，钱钟书会将自己的英文作品寄给杨绛看，又称赞杨绛的英文信件写得很好，他说他“志气不大，只想贡献一生，做做学问”，这让杨绛觉得，他们在人生的志趣与规划上是相投的。

世间的很多事，总是习惯成自然，当一件事或一个人在我们身边存在许久，我们便会习惯它或他的存在，一旦失去，才会意识到自己已经不知不觉跌入了习惯的陷阱，迷迷糊糊习惯了对方的陪伴，成为被俘获的猎物。

期待是一种很美妙的体验，尤其是当我们知道，我们所期待的一定会实现时，等待的过程便多了酿酒一般的甜蜜，譬如每天都会出现的那封信，就是杨绛习惯性的期待。

杨绛在清华半年的借读时光，倏忽而逝，因为功课繁忙，因为事情多，也因为晕晕乎乎中习惯了与钱钟书每天的通信，在无数个想家的夜晚，在家人因淞沪会战逃离苏州与她失去联络期间，钱钟书每天必到的信件，成为另一种无声的陪伴。

暑期来临，钱钟书回家了。他劝杨绛留在学校补习一到两个月，投考清华的研究生院，这样的话等再开学他们还可以做一年同学。

与钱钟书的热切相比，杨绛并没有察觉自己对钱钟书有多么倾心，毕竟两人认识才短短几个月，可是当钱钟书离开校园，那每日必到的信件，便成了三两日一达的长飞鸿雁，而那个总在教学楼外伫立等候的身影，再不会和她一起走在夏日红粉盛开的荷塘边。

不造作不忸怩的人，因为心思单纯，多少总有些后知后觉，直到钱钟书走了，杨绛才察觉到自己很难受，而且难受了很久。她意识到，自己应该是“fall in love”了。

从这一点上来说，杨绛是冷静而坦率的。因为冷静，她能很快意识到自己内心的变化；因为坦率，她能勇敢地接受和面对这个变化。

几月相伴，习以为常，一夕别后，相思骤起，面对内心的波澜起伏，立足于短暂时光之上的，是彼此之间的欣赏与珍惜，可是，属于他们彼此的人生，此时才刚刚开始。面对未知的命运，一切的规划和期许，都将经受距离和时间的考验。

南来北往

无论共度了多少光阴，相恋的人都不会觉得漫长，总希望时间能走得再慢一些，相见的时间能更多一些。

正是怀着这样的心情，钱钟书鼓励杨绛报考清华研究生院。他的态度热切而坦诚，但杨绛心里清楚，再当一年同学的这个设想是美好的，实现起来却困难重重。

考取清华研究生院，意味着杨绛要在短短一两个月的时间里，将清华本科四年的文学课业补齐，这几乎是不可能完成的任务。

离开校园的钱钟书并没有因为距离疏于通信，相隔千里，他的热情依旧不减，在写给杨绛的信中，他直截了当地提出想与杨绛订婚。

与钱钟书的急迫心情相比，杨绛显得并不着急。与当时许多人家的小姐不同，她并不羡慕那种读书只为装点才学、开拓视野，在读时已有婚约，毕业便匆匆结婚的生活，所以在答复钱钟书的信中，杨绛表示不能接受他的要求。

不肯与你订婚，不是主观上的不愿意，也不是想要直接拒绝，只是订婚并不在我眼下的计划里。

或许，杨绛最大的与众不同在于，她不会被爱情冲昏头脑，不会在自己准备不充分时，做出盲目任性的决定。因此，她选择放弃与钱钟书再做一年同学的美好愿望，决定踏踏实实回家复习一年，再去报考研究生院。

于是，杨绛回到苏州，在一位上海亲戚的介绍下，到工部局下属的小学做教员。所以当钱钟书还没有回到清华继续自己的学业，杨绛已经在南方教起了小学生。

命运让他们在清华园中匆匆相遇，紧接着再让他们的轨迹各自南北，捉弄也好，考验也罢，终究是好事不能遂人愿。

未能确定的事，总让人焦虑、困扰、茫然，悬着的心无法放下，仿佛每个夜晚都不能安稳入眠，那急于寻得结果的心情，就像缓慢坠入峡谷中的遇难者，拼命想抓住身边的藤条，更一心想要知道，还要这样多久，才能落到谷底。

钱钟书的书信攻势还在继续，他一心希望与杨绛相处的时间再多一些，所以并不赞成杨绛放弃当年考试的决定。

你无法叫醒一个装睡的人，因为她的心不会对你敞开。可是，若那人是醒着的，她愿意回应你的召唤，愿意向你靠拢，但当下的情况不允许她这样做，那么，面对这样一种热切的期望，她会感到茫然、焦灼，既无从解释，亦无法做出回应。

因为言语总是单薄，而素来最有力量的行动却又无法施行。她的心向着你，她的脚步却卡在高高的门槛之后，在南来北往的书信里，钱钟书越是积极主动，杨绛的万千话语便越是难以言说。

莫断音信

一个人的心情，到底有多么大的力量？

她哭，她笑，她叹息，她矗立，她走走停停，她频频回顾……都说红颜多薄命，其实只是红颜多思量。想得太多，想得太久，想不通头疼，想通了心疼，于是想得五内俱焚，身心俱疲，终于落得弱不禁风，黛玉情怀。

虽然杨绛性格坚强，在父母的教育和影响下遇事也很决断，但感情入心，岂是冷冰冰的道理便能降服的。因为时间紧张，准备不充分，不得不放弃投考清华研究生院，不得不放弃与钱钟书再做一年同学的机会，杨绛心里是不情愿的，面对钱钟书一次次的催促和劝说，她的心情更加低落。

钱钟书不知道的是，杨绛同时还承受着工作上的压力。小学教员的工作没有想象中那么轻松，欢乐虽多，辛苦也不少，想在挣钱的同时复习功课，并不是那么容易的事。

若无内火，何来外感？几方压力袭来，杨绛积郁成疾，竟然开始过敏。虽说不是什么大问题，却足以让人心烦意乱，情绪消沉。于是，当钱钟书再次寄信，努力劝说她报考时，杨绛便不再回信。

音信，断了。在那个车、马、邮件都慢的年代，书信便是两人之间唯一的媒介，钱钟书想不明白，这个从他们相识便发挥了巨大作用，并收到良好效果的沟通方式，为什么会被杨绛单方面掐断。

没有征兆和解释的变化，最令人焦心，钱钟书开始疑心，自己是不是说错了什么，惹得杨绛厌烦，不愿再理他了。随着他的一封封去信了无回应，他开始不敢再写，生怕一错再错，只得暗自神伤。因为酸楚的情绪无处诉说，又时至秋天，触景生情，钱钟书在这段时间里，作了很多伤心的诗。

著甚来由又黯然？灯昏茶冷绪相牵；
春阳歌曲秋声赋，光景无多复一年。

海客谈瀛路渺漫，罡风弱水到应难；
巫山已似神山远，青鸟辛勤枉探看。

颜色依稀寤寐通，久伤沟水各西东；
屋梁落月犹惊起，见纵分明梦总空。

他在阳春时节与她相识，如今心情却落得秋声赋一般凄凉，她是那瀛洲仙境的传说，是住在巫山的神女，离他如此渺远。他的信，她不回，从此音信皆断，传书的青鸟枉然振翅，却唤不回仿若沟水东西流的两个人。

那一场命中注定的相遇相惜，那一次“你来，我刚好也在”的相识相知，到如今却仿佛被泥沙阻断的河流，凝滞、沉重而迟缓，纵然源头汩汩涌动，却冲不破那无声的屏障，任由迷茫的失望与哀愁，在渐深的秋色中，吞噬着往日春光般的明媚和希望。

鸿雁传书，不如携手同游

高明的人

难过是一种无法消解的内伤，因为不能释怀，所以只要想起来，总教人痛苦万分。

杨绛虽然不再回信，但她并没有讨厌钱钟书，相反，在少了书信往来的日子里，想念悄然生长，弥漫在每一寸秋日的清冷中。

人与人之间从来如此，若你不说，他怎会明了？在江南迟来的三秋里，杨绛满怀心事，疲于奔忙，在京华满城的萧瑟中，钱钟书暗自悲怆，走投无路。

同在清华的蒋恩钿见钱钟书如此难过，便劝他继续给杨绛写信。经过一段时间的反思，钱钟书不再执着于劝说杨绛报考研究生，而是写了一封非常诚恳的信，表达自己的心情和态度。

彼此真心相待的人，从不忍对方被误会伤害，更不会因此将心疏远，钱钟书的信感动了杨绛，于是她提笔复信，也解释了自己因病无暇多言的情况。他们的通信恢复了，但恢复的并不只是书信往来，两人之间对彼此的信任和珍惜，也在不知不觉中深厚了许多。

杨绛在信中表达了继续与钱钟书来往的态度，钱钟书提出让她来见自己的父亲，同时，杨绛也将钱钟书的事告诉了大姐姐寿康。于是转眼间，杨绛的父母也知道了钱钟书的存在。

按照母亲的想法，是希望杨绛按父母之命选择夫婿的，杨绛并不太认同，但她依旧认为，婚姻大事必当经过父母同意才算完满。

有缘无份的感情，苦苦追求犹不得善果，缘分相谐的感情，却是冥冥之中水到渠成。熬过肃杀秋寒的钱钟书，很快迎来 1933 年的新年。寒假里，他来到苏州，见到了杨绛的家人。

无论两个人的爱情多么热烈，关系多么稳定，见对方父母永远是件令人紧张的事，越在意的，越希望留下一个好的印象，获得一个好的结果。于是每个年轻人都会惴惴不安，仿佛在等待着对他们爱情甚至是命运的审判。

但是，即便是在这样的情况下，钱钟书依旧“成绩斐然”，单独见过杨绛的父亲后，他得到的评价是“人是高明的”。

没有提及家世，没有说起工作，那些寻常父母在意的细节，杨荫杭都没有谈及，他肯定了钱钟书的人品、见识和思想，但作为一个尚未寻得工作的大学生，钱钟书除了“人的高明”，还有什么能与留过洋、不是大学教授就是工部局会办的其他几位杨家女婿相比呢？

没有哪个父母不心疼自己的孩子，即便认可了钱钟书的才学和为人，但他们未来的生活是否稳定、宽裕，依旧是杨绛父母内心深深的忧虑。

私拆信件

在很多人眼中，钱钟书是个“书呆子”。这个评价通常会让人联想起固执、死板、迂腐等并不美好的词语，但爱书的人都明白，因书而呆，不过是因为那个人将有限的精力投入书本与学问之中，因此忽略了很多外界的寻常欢乐，他们能在独自的阅读和钻研中找到乐趣，能在与人的辩论与思想撞击中获得成就感，他们并不是“呆子”，也不会因为沉溺于书海而变成“呆子”，他们只是更惯于思考，更善于独处。

钱钟书便是这样的一个“书呆子”，他睿智、机敏，思维活跃，见识广博，他只是容易沉醉于书，却不是个傻子，尤其是在他无比留意的事情上，比如在关于杨绛的事情上。

得知未来岳父对自己的评价是“高明”，钱钟书大受鼓舞，他没有与杨绛商量，而是催促自己的父亲尽快动身，和他一起前往苏州，又找到杨荫杭的好友，同时也是自家表亲孙奕英做媒，正式登门向杨家求亲。

杨荫杭对钱家的求亲行为全无准备，以为杨绛已经答应，于是便尊重女儿的决定，应下了这门亲事。于是，看似迟钝迷糊，实则机灵聪颖的钱钟书，就这样一鼓作气奋勇向前，获得了杨绛父母的认可。

从此，钱钟书与杨绛的关系更加稳定，在钱钟书书信的指点下，杨绛开始复习外文系功课，因为听说研究生院考试要考 3 门外语，杨绛在温习英语和法语的基础上，不得不用 3 个月时间突击自学德语。

这段时间，两人的通信依旧很多，但杨绛和钱钟书都不知道的是，自从知道了杨绛的存在，钱钟书的父亲钱基博便开始私下拆阅杨绛写来的信件。

钱钟书与杨绛的通信很多是英文，或是白话文，钱基博不懂的则罢了，若是遇到能看懂的，不单自己读，还会拿去和钱钟书的叔叔一起讨论。

与惯常想象的监督和干预不同，私拆信件，从某种意义上来说，恰是钱家对钱钟书、对他的婚事，进而对杨绛的关注和重视。但这样一种包含着旧式父母固执关心的行为，有时也会让人啼笑皆非。

曾有一次，钱基博在杨绛的信中看到“‘毋友不如己者’，我的朋友个个比我强”，他认为此话“实获我心”，便郑重地亲自提笔给杨绛写信，将钱钟书托付给她。

收到这样的信件，杨绛大窘，但对方是钱钟书的父亲，若是回应得不好，又怕失了礼貌。钱钟书得知此事，却认为大可不必，他告诉杨绛：“不用回。”

就在这样有趣却不失严肃积极的来往中，春又去了。相识一年多以后，在1933年的暑假，杨绛前往上海交大参加清华研究生院考试，考试当天突然得到通知，说第三门外语免试，杨绛还后悔不已，害怕因为学习德语荒疏了法语，影响成绩。

但杨绛的担忧是多余的，功夫不负苦心人，她通过了清华研究生院的考试，在钱钟书从清华毕业的那个夏天，她成了清华研究生院的学生。

一切仿佛是注定，命运给了他们最恰好的相遇，却在其后的日子里，不断带给他们考验，考验他们的梦想和努力，也考验他们的羁绊与情深。

订婚宴席

那是一个热烈自由的年代，同样也是一个含蓄守旧的年代，接受了新思想的年轻人，与他们秉持着传统观念的长辈们，彼此不断努力，却总难达到一种真正意义上的合拍。

钱钟书与杨绛，无论是从相识到相爱，都是标准的“自由恋爱”，没有刻意安排的见面，没有对彼此家世的了解，他们凭着机缘相遇，凭借志趣走进彼此内心，但是，他们的婚姻大事，无论是钱氏父子登门求亲，亦或是两家人的订婚礼往，仍然要退回到传统的形式里，遵循“父母之命，媒妁之言”的老规矩。

热恋中的人总希望能有一根绳子，将对方紧紧系住，另一端系着的是自己，从此天涯海角，朝霞残阳，无论相隔千里，山高水长，你都是我的爱人，一生一世不愿分别。

1933年暑假，怀着这样的心情，钱钟书从清华毕业，他回到家后，几乎是第一时间提出要与杨绛举办订婚礼。

当时，杨荫杭的身体状况并不太好，正在休养中，所以关于订婚仪式的各个环节都尽量从简，钱基博携着妻子，在儿子钱钟书、三弟和侄女的陪同下，从无锡赶往苏州。

钱氏家风相对传统，钱基博也是如此，按照老派的习惯，他向杨荫杭问杨绛的生辰八字。一向开明前卫的杨荫杭却说：“从前是男女双方不认识，只好配八字，现在彼此相识相知，还要八字做甚？”

他不只是说说而已，而是真的没有把杨绛的八字告诉钱基博，所以在钱氏家谱上记载的杨绛的八字，并不完全准确，而是钱基博推算出来的。

订婚的那天，两家人凑在一起，选了一家饭馆，摆上酒宴邀请两家的亲朋好友，按照风俗，男女分席而餐。宴会是热闹的，病后的杨荫杭神采奕奕，钱基博兴致很高，杨绛的母亲亲切而得体，钱钟书的母亲性格沉静，她的话不多，但同样非常高兴，后来钱钟书告诉杨绛，母亲甚至高兴得“回到家快活得睡也睡不着”。

虽然礼仪从简，但众人分享喜悦的心情却丝毫不受影响，热闹的气氛下，是大家对钱钟书和杨绛这对璧人的真诚祝福。吃过这顿饭，钱钟书与杨绛便正式成为未婚的小夫妻。

那个年代的爱情，和车马一样慢，牵了手，便是一辈子。这场订婚宴，便是将他们的一生真正系在一起的开始。在他们相识一年多以后，爱情之树抽枝发芽，此时，花苞饱满，含羞欲滴，正待一朝绽放，天地合欢。

京沪遥望

时光的印记，就像人生路上随时上演的一场场搭错车，写满“你来我却不在，我归你竟已远”的失之交臂，却也有着“我在这里等，你终究会来”的殊途同归。

钱钟书从清华毕业了，他很快应邀前往上海光华大学出任英文讲师，任期两年，刚好他的父亲钱基博也在光华大学任教，而杨绛则在钱基博出面托付下，与在燕京大学任教的钱穆先生同车北上入京，重返清华，进入研究生院外国语言文学部就读。

订婚后的相伴短暂得仿佛划过夏日天空的流星的光芒，从此，他们又开始了南北两地的生活。

很多人传言，钱钟书之所以没有考取清华研究生院，是因为他在读期间太过张狂，在学校不受欢迎，但事实并非如此，钱钟书的“狂”，只专注于学术讨论上，遇见有才学思想、有深度的同学和老师，他都非常尊敬，更是与自己的任课老师相处得亦师亦友。

那么，曾经为了和杨绛多做一年同学不断写信连番劝说的钱钟书，为何会选择在杨绛考取研究生院的夏天毕业，而不是继续选择在清华深造，再享受几年朝夕相处、美好无忧的校园恋情呢？

原来钱钟书一心想投考中英庚款留英奖学金，但是按照规定，应试者的履历中，必须有为社会服务两年的经历，所以钱钟书急着毕业，迅速工作，以便获得报考资格。

“庚款留学生”的出现，最早可以追溯到1909年的第一批留学生。1900年，北京爆发“庚子之乱”，几十万义和团闯入北京围攻各国大使馆，慈禧太后携光绪皇帝出逃陕西。1901年，经过谈判，李鸿章代表清政府签下《辛丑条约》，向11个国家，分39年赔偿4亿5千万两白银，这便是“庚子赔款”。

1908年，美国国会法案颁布，同意退还“庚子赔款”中超出美方实际损失的部分，用这笔钱帮助中国办学，资助中国学生赴美留学，清华学堂，也就是钱钟书、杨绛先后就读的清华大学正是这样建立起来的。在美国之后，多个国家对中国学生开放了留学奖学金，虽然考试和录取条件都非常严格，但仍有许多学子为之奋斗，而这些获得奖学金，争取到出国深造机会的留学生，无论他们从哪里来，到哪个国家去，都有了一个共同的名字——“庚款留学生”。

所有通过录取的学生都是同时代的佼佼者，钱钟书对自己的信心并非是自视甚高，他的确有实力投考，并脚踏实地、争分夺秒地为此进行准备。

世人常道，书生轻狂，文人寡断，但此时的钱钟书就像一年前放弃投考清华研究生院的杨绛，专注而务实，与杨绛再做一年同学的机缘既已错失，他便不再执着于此，而是将时间和精力全部投入自己的规划中，而这规划，本身也影响着他自己的前途，以及他与杨绛的未来。

婚约已有，佳偶自可待天成，但时不我待，青春作伴须以时。钱钟书没有选择留在清华深造，与杨绛相携相伴，不是因为不想念这荷塘清风岸上漫步的娇小身影，不是因为不眷恋那高阁庙堂檐下温暖的春泥燕窝，只是为了蓄力待发，飞往更广阔壮丽的天空。哪怕要忍受暂时的奋力，要从悬崖峭壁上起飞，也无需困惑、畏惧，因为在一望万里的海天之际，在朝阳每天升起的远方，在那些召唤梦想、充满希望的地方，总会有更璀璨的风景，有更欢欣的相聚。

别样情趣

如愿以偿的感觉是什么？是杨绛兜兜转转，终于成为清华大学的正式在编学生，是钱钟书两地书信，终于成为杨家四女儿的未婚夫婿。

1933 年的夏天，钱钟书与杨绛，这一对被缘分牵引着相识相知的恋人，分别摘取了命运之树上属于自己的甜美果实，由此相携相伴，各自奋发踏上更加光明的前路。

清华研究生院的学习生活并不轻松。外文部的同学大多是在清华就读外文系本科，毕业后保送或者考回来的，基础扎实。杨绛在东吴大学学的却是政治，虽然备考时拼命补习，但总觉得不够自信，因此也格外用功。

虽然杨绛主攻方向是外文，但她的国文并没有荒疏。在清华研究生院就读期间，杨绛受叶公超先生要求，为《新月》杂志翻译了一篇英文政论《共产主义是不可避免的吗？》。另外，在朱自清先生《散文》课上的习作《收脚印》，被朱自清先生投稿发布在《大公报·文艺期刊》上。

从前没有电话，没有网络，没有短讯，但有书信，虽然不能让对方眨眼收到，但那份凝聚在层叠纸张中的情绪，远比短讯来得绵长深重。

若说文人无趣，必是不解文人风雅，那些潜藏在分毫笔端的小情趣，总要有心人才能体会。每天一封的书信，虽然内容不同，但总署相同的落款，也觉乏味，从小调皮、思维活跃的钱钟书，怎可能忍受乏味？

那些写给杨绛的信，到了假期总是每天一封，信封上发信人的落款总是千变万化，大多时候署“奏章”，所以每次门房取了信，都要对杨绛说：“四小姐，奏章来了。”

有一次，来的不是“奏章”，而是署名“门内角落”，这下，就连杨绛也不明白是何用意了，只得在回信中询问。

原来，这又是钱钟书的一闪灵光，“门内”是英文money（钱）的音译，“角落”的无锡话发音与英文clock（钟）很接近，所以，钱钟寄来的书信，钱钟书是也，别样情趣，炫然生辉。

杨绛因为想家，每到寒暑假期都会回苏州，所以，钱钟书总在假期前往苏州，拜见杨绛的父母，更重要的是与杨绛相会。

1934年年初的寒假，钱钟书从上海赶到苏州拜见杨绛的父母，并将自己自费出版的《中书君诗》送给杨绛。

我有诗篇，可赠佳人，字里折桂，行间留香。这不是杨绛第一次收到钱钟书的诗集，早在1933年的早春时节，在两个人相识一年时，钱钟书便准备了一份惊喜。

那是他从中学毕业的1930年春天到1932年冬天所写的全部诗歌，手抄自订，取名《中书君诗》，题字“呵冻写与季康”。这是钱钟书最早的诗集，专门手抄以赠杨绛，别出心裁，意义非常。

再迟钝的人，遇到爱情时也会突然清醒；再乏味的人，陷入爱情时也会变得风趣。因为有爱，每个人都可以成为更好的自己，平凡的人，能在爱中感受伟大，感性的人，能从爱中绽放出更为耀目的光芒与精彩。

携手同游

纤云惟能弄巧，飞星只懂传恨，对于恋人来说，再多的书信，也不及四目相对，再多的倾诉，也不如携手同游，踏遍春光。

1934 年 4 月初，烟花三月的江南，在诗词中美到极致，但钱钟书却撇下此番胜景，北上京华，与杨绛共度春假。

当你遇到那个对的人，你会发觉，她懂得你从前那些不为人理解的爱好，欣赏你从前那些不为人认同的努力，她肯定着自从前一路成长至今的你，同时也为你打开一扇门，唤醒你从前沉睡的内心，带你踏入更加缤纷异彩的世界。

这是第一次，假日期间的钱钟书没有选择读万卷书，而是行了万里路。在清华读书期间，他每个假期都埋头故纸堆，将图书馆列为游览胜地，身边很多同学已经游遍全城景致，而他只去过香山和颐和园，去颐和园还是因为学校组织的集体游览。

是杨绛，这个从小便亲近自然、渴望将阳光拥抱满怀的活泼女子，将钱钟书从沉静的书籍世界里拉出来，让他那高度近视的眼睛，阅读天地写就的清丽壮美，让他那习惯了安静的耳朵，聆听风雨谱成的细语轻吟。

钱钟书更是在自己的纪事诗中郑重地记录了对这一次北游的期待：“某山某水愿能酬，敝舌焦唇汔小休；乞取东风晴十日，今年破例作春游。”

这不仅仅是钱钟书第一次假期出游，也是他毕业后第一次回到母校，熟悉的师友应酬、宴饮招待让他忙得不可开交，竟到了“七万二千分内粮，秀才闻请意皇皇”的程度。

但这样的重聚也是令人愉快和兴奋的，深入却不失风趣的新话题，初见却志趣相投的新朋友，重回母校的一切都显得不同，但一切，又都是那么熟悉，仿佛远走的只是脚步，而他的心和思想，永远留在这里，游走于清华园中的每一个角落，安坐在图书馆的每一本书中。

钱钟书的京华郊野周边游，由杨绛陪同，他们亲密无间、轻松欢喜的样子，惹得偶遇的年轻学生艳羡不已，频频目送。和恋人看风景，那风景仿佛也镀上了一层甜蜜，那种陶然忘我的感受，怕是只有自己最为清楚，所以钱钟书才发出“游仙七日已千年”的感叹。

这次游玩，钱钟书最喜爱的是玉泉山的风景。玉泉山在颐和园以西，数峰相接，透迤南北，山上随处可见泉流涌动，入潭幽深，“水清而碧，澄洁似玉”，古塔高耸，檐角铃音，山风过处，碎语空灵，宛若仙家下界，山神来迎。

正是陶醉在如此景致中，杨绛做了《玉泉山闻铃》等旧体诗歌，而钱钟书更写下意韵俱佳的《玉泉山同绛》，其中“久坐槛生暖，忘言意转深，明朝即长路，惜取此时心”，更是爱意浓浓、别情依依。

人从景中游，情在心底留，有诗情画意的山水环绕，有志趣相投的爱侣相伴，有诗歌唱和，有鸟树来应，就算即将分别，各自南北，也是“分飞劳燕原同命”，只羡鸳鸯不羡仙。

庚款及第

一段感情，最让人艳羡的便是棋逢对手，琴遇知音，但所谓的契合，真的只是彼此有共同爱好，对未来有相似的憧憬和愿望吗？其实更重要的，是两个人在当时当地的见识与能力。

钱钟书与杨绛相识时，同是学生，正是因为他们对学业的热情相似，因为他们的理解和学习能力不分伯仲，才能彼此吸引，走到一起。杨绛读书时，成绩一直很好，国文、英文俱佳，自学的法语也非常标准，钱钟书更是品学兼优。

这绝不是虚言，因为当 1935 年的春假来临，钱钟书报考中英庚款留英考试时，招收名额 20 余人中，英国文学专业只有一个名额，很多人听说钱钟书当年报考，直接放弃了报名。

更有甚者，曾经是钱钟书老师的吴宓先生知道钱钟书报考，劝说自己当时指导的研究生吴仲贤改报其他专业，因为他不希望自己这个中英文俱佳的学生被钱钟书从英国文学的考试比拼中挤下来，因为钱钟书的报名，吴仲贤改报畜牧。

那年4月，钱钟书前往南京投考，1934年的这个时候，他正与杨绛在京郊游览名胜，如今同样的时节，却是不同风物，他不禁想到若是自己顺利考取，来年春日不知自己人在何处，更不知那时的杨绛在做着什么，一切悬而未决的迷茫，与相隔不相见的怅然，都化作诗情，“两岁两京作寒食，明年何处度清明”，用最平淡的字词，写清浅的忧伤，解无边的相思。

志同道合，从来不是说说而已。在钱钟书报考的这个春假，杨绛没有出游，而是留在学校读书，这不仅仅是为了在精神上支持钱钟书，更是一种鞭策下的努力。

当一个人的脚步持续向前，和他紧密相连的另一个人，也不能允许自己落后，就像是橡树旁挺立的木棉，能昂首与他并肩站立，同享阳光雨露，也能在历经风霜后，骄傲地说着“根，紧握在地下；叶，相触在云里”，而这，才是爱情对人最大的鼓舞，最伟大的力量。

刻苦的人从不惧怕考试，钱钟书毫无悬念地考过了庚款留学考试，他的分数很高，并且是那年唯一一名专攻英国文学的留学生，他的优异成绩更是引来主考官之一、中英庚款董事会董事长朱家骅的赏识。

庚款及第，名居榜首，钱钟书终于如愿以偿。为此，他放弃入读清华研究生院，放弃与杨绛朝夕相处的恬淡幸福，宁愿忍受南北参商，执教两年获取报考资格，获得这样的成绩，本应令人欣喜若狂，但紧接着，更加严肃的问题摆在了钱钟书和杨绛的面前。

取得留学资格的庚款留学生，将在当年的初秋远赴英国，这就意味着更加遥远和漫长的分别，无论是短暂的春假，还是每年漫长的寒暑，钱钟书与杨绛之间的距离，再不是乘坐火车便能跨越，再不能几日奔波便可欢喜相见。

时间如水，流过人间，不舍昼夜，握不紧，留不住，距离他们订婚的那个夏天，已经过去了两年时间，而人生的青春年华，有几个两年能被浪费？

“有花堪折直须折，莫待无花空折枝”，你既风华正当，我又怎忍离去。

第二章

相携：不负韶华好光阴

愿有这么一剪光阴，停驻在记忆深处，纵然他日你我发如雪、鬓成霜，追忆起的，犹是那段携手相伴的青春韶华。

最浪漫的新婚旅行

即刻成婚

我不怕山高水远，不怕千难万险，最怕与你分别后漫长的日日夜夜，和那些忍不住回忆起的点点滴滴。

想要寻找自由的人，看淡道别，想要长相厮守的人，畏惧分离。获得奖学金资格的钱钟书，第一时间想到的是与杨绛结婚，一起出国。

这个决定是匆忙的，但对于钱钟书和杨绛来说，这一天来得又嫌太晚。他们只一次相见，便笃定了对方是自己一直在寻觅的人，半年相处，不足一年光阴，婚约已成定言，却因为各自的学业和梦想，分隔南北。

如今，他们再不愿这样的事重演，即刻成婚，成为眼下唯一的办法。

若为了一个人放弃自己多年的梦想之地，放弃即将获得的成果，那是多大的牺牲？若不觉是牺牲，那又是多么深重的感情？

只要再坚持一年，杨绛就能从清华研究生院毕业，只要再看一次四季的轮回，她就能圆了自己多年的清华梦。

可是，杨绛却选择了在那个学期结束后办理休学，办理自费留学，与钱钟书一起出国。虽然出国深造是杨绛的夙愿，专业也能选择她喜爱的文学类，但这意味着，她将放弃年少时梦想过的一切，以及为此付出的努力。

她曾经两次与报考清华失之交臂，为了到清华借读，放弃已经办妥入学手续的燕京大学，为了更加稳妥地考入清华研究生院，她舍弃与钱钟书再做一年同学的可能，回到苏州专心复习，甚至险些让误会剪断她和钱钟书之间的那条红线。

很多人囿于曾经，紧紧抱着已经得到的，牢牢记得自己付出的，因为那是他们拥有的全部。但更勇敢的人会望向未来，因为曾经，是影响着每个人的现在，而未来，则要靠当下的努力去实现。

苦守自己的曾经，只会让那原本可以更加精彩的未来沦落成现在的复刻。无论是明天、后天，亦或是后来人生中的哪一天，都只是在重复着同样的一个昨天，只有奋勇张开双臂，放下昨天，才能真正拥抱全新的未来，无论它是苦是甜，都将会是更好的明天。

离别宴席

既然已经决定，那么所有的努力便都朝着一个方向进行。

杨绛当年的学业，只有两门课程需要参加大考，分别是温德先生的《纪德研究》和朱自清先生的《散文》。当她将自己的情况和想法告诉两位老师时，温德先生提出需要交一篇《读纪德心得》，朱自清先生则允许杨绛以一篇小说代替大考。

回家之前，杨绛写出自己创作的第一篇小说《璐璐，不用愁！》交给朱自清先生，这篇小说深受朱自清先生欣赏，他将它投到《大公报·文艺副刊》进行发表，后来林徽因在编辑《大公报丛刊小说选》时，也收录了这篇小说，改名为《璐璐》。

《读纪德心得》则是回家后费事费力写成的，交给钱钟书帮忙寄出，但钱钟书写信封时，地址无误，收信人却写成了“冬心”，那是他背地里为温德先生起的绰号。温德先生并不知道自己就是“冬心”，那封信自然也没办法收到，所以《纪德研究》的课程，杨绛没有学分。事实上，是否有学分已经并不重要，但辛苦写下的论文被钱钟书的“调皮”无故丢失，总会让人有些遗憾。

因为无需再等待大考，杨绛可以提前一个月回家，她来不及写信通知家里，直接搭乘火车，在下午 3 点左右回到苏州家中。

世间有些事，总让人无法解释，杨绛并没有提前通知家里，但杨荫杭却仿佛已经感觉到女儿急切的归心，午睡将眠未眠之际，他竟突然觉得杨绛回家了，遍寻一圈，却发现只是错觉，但当他返回床上翻来覆去打算继续午睡时，杨绛匆匆到家，扔下行李便跑进父亲房间——她真的回来了。

1935年7月11日，在钱钟书与杨绛结婚前，杨家按照风俗习惯，为即将出嫁的四小姐办了一桌“小姐宴”。这是专门“请小姐”与姐妹和女性亲戚作别的宴席，惟有父母不参加。

阴历六月十一日，距离婚礼还有两天时间。

夜来了，大半个月亮显得无精打采，大厅张灯结彩，姐妹、表姐妹和姨妈们坐满了一桌，只有杨绛的父母在卧室里，杨绛心情难过，竟连一口饭菜也吃不下。

那是一种怎样的说笑呢？话语里带着强撑的热闹，气氛却和着夜色变得凄凉起来。这桌宴席，意味着家中又有一个女儿即将成为别人家的媳妇，她将离开家，离开亲爱的父母、熟悉的兄弟姐妹，无法再时时相见相伴。

这一桌酒席，少了父母的身影，仿佛是在提醒未来的新嫁娘，从此，她将开始远离父母的人生，就像小船解缆，即将随波荡入陌生的港湾。

结婚典礼

“两姓联姻，一堂缔约，良缘永结，匹配同称。看此日桃花灼灼，宜室宜家；卜他年瓜瓞绵绵，尔昌尔炽。谨以白头之约，书向鸿笺，好将红叶之盟，载明鸳谱。此证。”

那个年代，日色很慢，微风里透着雅致，连婚书也是如此。与当时的大部分新人不同，钱钟书与杨绛的婚礼新旧参半、中西合璧，在杨家为新式，在钱家为旧式。

1935年7月13日，在苏州庙堂巷，由杨荫杭主婚，张一麐（仲仁）先生证婚，七妹妹做伴娘，孙令衔为伴郎，一对女孩提着花篮，一个小男孩帮忙提婚纱。在父亲、三弟和小妹的陪送下，钱钟书来到杨家。

伴着《结婚进行曲》，钱钟书与杨绛相对三鞠躬，相互交换戒指，并由伴郎和伴娘代替他们在结婚证书上盖上印章。

随后，照相馆的摄影师为新人和家长、宾客们照相，之后是热闹的喜筵，宾客落座，杨绛换下婚纱，和众人一起用餐、喝喜酒。

待到宾客散去，杨绛匆匆洗澡换了衣服，带上出国的行李，与钱钟书和他的家人一起，前往坐落在无锡七尺场的钱家。杨绛的母亲想将自己的女佣借给女儿，带到钱家去帮忙，但被杨绛拒绝了。

钱钟书是个老实坦率的人，在钱家婚礼举行之前就很抱歉地和岳父说：“季康过（他家）去得磕个头”。杨荫杭便很不高兴地虎下脸，因为在他看来，跪叩本是前清废礼，早该摒弃，可是，三姐姐却悄悄告诉杨绛，自己出嫁时不知道磕了多少头，只是怕父亲生气从没说过，杨绛便不再作声。

到了无锡钱家，由寓意美好的双响爆竹、百子爆竹迎接入门，进门后杨绛换上婚服，和钱钟书一起叩拜父母，还要叩拜嗣父母，但因为他们已去世多年，便请出一盆千年芸、一盆葱，分别摆在靠背椅上代替。叔叔婶母辞谢了跪叩，于是行鞠躬礼。长辈拜过，进祠堂拜了祖宗，入厨房拜灶神，一路跪拜一路叩过去……跪拜后，一家人便在一起吃“团圆饭”，到晚上开喜宴请客。

“三日入厨下，洗手作羹”，也是结婚典礼的一部分。“三朝”时，杨绛被带到厨房，半锅沸油，盘子里一尾已经开膛去鳞的鱼，杨绛没摸过生鱼，在其他人的指点下，战战兢兢地提着尾巴让鱼滑入油锅，入厨便是圆满。

“洞房花烛夜，金榜题名时”，人生四大喜事，如今已两全。

婚礼是让人兴奋的，但兴奋背后总伴随着疲惫，连续的奔波和热闹让钱钟书和杨绛双双病倒。钱钟书发烧，杨绛也得了累病。到了回门当天，两个人都病得起不来，连电报都没有打一个回去，杨绛的母亲摆了一席酒，空等一天。

因为留学在即，钱钟书病愈后便匆匆前往南京培训。婚后 10 天，杨绛才在小姑子的陪同下回了娘家，而此时，距离她出国留学的日期，只剩下半个多月。

扬帆起航

刚刚结婚，又即将面临远行，杨绛最放不下的，是日渐年迈的父母，一别 3 年，别说侍奉在侧，就是团聚都很难。可是，还未等她在家住上几天，母亲便催她回无锡去看医生，因为她的胸口、鼻子都生了外疹，父亲更是安慰她，要她安心学习，不要挂念家里。

杨绛只得返回无锡，母亲让人给她带去两小篓的水蜜桃，还有一件家常用的冬衣，因为桃子是母亲特别送来的，杨绛在遍送长辈之后，自己也吃了两个。

日子在一天天倒计时，杨绛办好了自己的自费留学手续，钱钟书从南京培训回来，两人便开始收拾行李，一叠一叠的书籍被装进箱子，成为他们离家时刻最珍贵的行囊。

新婚的儿子和儿媳即将离家远行，钱基博非常郑重地将钱钟书的“命书”交给杨绛保管，那神情，便是将“吾儿之命”交给杨绛一般。命书中说，钱钟书妻子小一岁，没有儿子，只能活到68岁。对此，杨绛并不太相信，而钱钟书更是不感兴趣。

火车从无锡出发，前往上海，车过苏州时，停在月台上，杨绛突然就感觉到，父母一定也在家里想念着自己，那种“曾母啮指，曾子心痛”，宛若第六感一样的悲伤，将她的心牢牢抓住。可是行程已定，杨绛又不可能临时下车回家与父母道别，无限的眷恋和忧愁，只能埋在心底，而前行的脚步从未停歇。

钱钟书和杨绛在上海停留了几天，杨绛住在三姐家，钱钟书住在其他地方，各自忙着与朋友饯别。

1935年8月13日，P&O公司的邮轮鸣响汽笛，载着钱钟书和杨绛驶往遥远的英伦。留在岸上的三姐闰康，坐着小船将他们一直送上游轮的钱钟书的好友，以及远在苏州的家、江南温婉的水岸，都渐渐远去，慢慢地，隐没在水天一线的海雾之后。

按照当时的规定，庚款留学生出国时不能携带家眷，所以杨绛必须以自费学生的身份出国，护照上的身份是“杨季康小姐”，签证和船票也是按未婚女子安排，与女伴同舱，与钱钟书只是同船，但船上也有很多同届留学的学生，大家都知他们是新婚蜜月。

邮轮驶近香港时，台风来袭，其他人都躲进船舱，只有钱钟书和杨绛还手牵着手站在甲板上，直到风太大要将人吹走，又下起暴雨，两个人才逃回舱里，虽然情致盎然，却引发了之后连续两天的晕船。

一路上，他们在新加坡看到停在海上的海陆两栖飞机，在锡兰（今天的斯里兰卡）首府科伦坡的蛇庙里被无处不在的大小长蛇吓得跑了出来，横渡炎热的印度洋，穿红海，经苏伊士运河，直到离开地中海，进入大西洋，天气才变得凉爽起来，那是英伦半岛特有的季风气候，潮湿而阴凉。

3 个星期的航程终于告一段落，1935 年 9 月初，钱钟书与杨绛抵达英国。他们新婚旅行的第一阶段结束了，等待着他们的，是异国他乡的崭新开始。这一对清华园伉俪，留学生情侣，即将在远离故土的英伦半岛，开始专属于自己的家庭生活。

英伦蜜月

新婚蜜月，永远是最甜蜜的分享与陪伴。钱钟书与杨绛结婚后，两人先是忙于准备出国，之后又在船上分舱而居，直到下船踏上英国的土地，才重回新婚夫妻的生活中。

钱钟书的本家侄辈钱临照前来接站，见到杨绛，按照辈分唤她“婶婶”，杨绛在船上还是小姐，这一跃成为婶母，一下子害羞得不知该如何应对。

只需两个人在一起，无论在哪里都不觉得陌生，哪里的阳光都是璀璨的。抵达英国的钱钟书和杨绛，没有马上赶赴牛津，他们留在伦敦小住，由钱钟书的堂弟、在帝国理工学院就读两年的钱钟韩陪同带领，四处游览。

这座古老的城市，见证着英国王室的辉煌历史，也融合了先进的现代化文明。泰晤士河微波荡漾，伴着悠扬的钟声，难见的夕阳低垂在塔桥之后，映红水面，岸边街道上车马川流，行人阔步，静与动，过去与未来，无论是古老的沿袭，还是时尚的冲击，都恰到好处地被伦敦所包容和囊括，而大英博物馆里那600万册的藏书，更是让钱钟书和杨绛神往无比。

轻松的时光总是短暂，游览过伦敦之后，钱钟书和杨绛被接待留学生的专员送往牛津。

小小的城，古老幽静，座落在泰晤士河上游的牛津，因为牛津大学得名。牛津的人口不到10万人，和伦敦的繁华不同，这里少了喧嚣，多了安宁，就像点缀在英伦土地上的所有小城一样，带着淳朴亲切的气息，但与其他地方相比，又多了浓浓的文学气息。

标准的英国口音，被称为“牛津腔”，可见牛津大学在英国的地位和影响力，它是英国国学，同时也是世界上最悠久、声望最高的大学之一。大学分为20多所学院，4所女子学院，教学与管理各自为政，由大学总摄。

与国内的学制不同，牛津大学每年有3个学期，然后是长达3个多月的暑假，钱钟书留学的第一个学期，便是从10月第三周的星期一开始，一直到12月中旬结束。

钱钟书在埃克塞特学院（Exeter College）攻读文学士学位。杨绛原本计划进入无需住宿的女子学院学习文学，但无奈名额已满，想入学只能改学历史，于是杨绛决定不进入学院，只在牛津大学旁听文学课程，自修西方文学。

从江南水乡太湖之畔出发，看过万寿山下昆明湖的平和，赏过园林之城苏州的静谧，渡过外滩之外黄浦江的奔流，停驻在泰晤士河清冽的波光之上，这里，是钱钟书与杨绛深造的地方，更是他们开始新婚夫妻生活的地方。

从前，挥手作别，唯愿珍重；从此，前路可待，星辰大海。

没事，有我呢

学生夫妇

无论志向多么伟大，人非神仙，一日三餐，夙夜安眠，才是温暖安定，平凡生活的琐碎，也在于此。但那些对生命怀有热爱的人，总能寻找和体会到美好。生活的细腻，在于每个晨昏的微笑问候，在于每一餐饭的对饮共食，无数个看似琐碎的瞬间集合起来，却组成了最幸福的寻常人间。

钱钟书和杨绛没有住在宿舍，而是在校外租了一个房间，既是卧室，又可做起居之用，房间的窗外便是花园，不单看得见风景，也非常安静。房主姓金（Mr. King），为他们提供三餐以及下午茶，他的妻女负责打扫卫生，一同租住的，还有另外两名学医的中国留学生。

钱钟书虽然是庚款公费留学生，到牛津就读，也属于自费生一类。领取奖学金的学生穿长袍，自费生则是黑布背心，背上还有两条飘带，同样也是黑布。

在牛津小城内，总能看到男女学生穿着这样的背心四处行走，而杨绛因为父亲已患高血压，不忍向家里要钱支付学费，只做旁听生，每天穿着旗袍去听课，看着那些黑布飘带，她竟生出一种“失学儿童”的悲伤与失落感。

在清华，虽同学，但不同年；在旅途，虽同船，但不同舱；在牛津，虽同校，但不同课……钱钟书与杨绛，仿佛注定像钱钟书自己的诗中所说，是分飞的劳燕，是相替的参商，但无论他们身在何地，图书馆总是两个人最爱的地方。

没有课的时候，他们时常一起去图书馆，满室满架的经典，他们按照文学史的顺序，一个作者一个作者地读下去，包括代表作，也包括相关的评论和研究著作。

兴趣相投的人，无论是一起生活还是一起学习、研究，都能相合。文学上的交流，构成钱钟书与杨绛友谊以及感情的基础，当彼此的心得以相交，思维碰撞在一起，无论是相互认同或相互博弈，总觉得乐趣多多。

他们会进行读书比赛，看到年底谁读得多。1935年年底，结果揭晓，两人的成绩相当，但杨绛把什么书都算上了，钱钟书读的中文书或是小册子都没有计数。钱钟书做的笔记，有时候比书籍原文还要多，而杨绛爱读诗，总能读出感悟，与钱钟书分享。

在英国，并不是所有城镇都像伦敦那样，终日阴雨绵绵、雾气萦绕，牛津的天气相对晴和，很适合户外活动。所以一到好天气，钱钟书和杨绛便出门散步，早饭后的散步，是为了让房主家人方便打扫房间，晚饭后则是为了散心。

他们会走过牛津的大街小巷、学院公园，看闹市的繁华，看郊区的悠闲，宁静的教堂，温馨的住宅，有尽职尽责的警察和邮差，还有向他们讨要中国邮票的当地小孩，日常生活的浓郁气息，将人在异乡的他们包围起来，于是生活有了暖意，也有了相依相伴的归属感。

自立门户

游人思故土，候鸟恋旧枝，异国他乡的生活，并非全无难处，饮食上的不习惯，就是一大问题。钱钟书的饮食习惯相对保守，奶酪、牛排并不适合他的胃口。房主家提供的饮食开始时还不错，后来越来越差，虽然杨绛有心将钱钟书能吃的食物多留给他一些，但他还是饿得面黄肌瘦。

钱钟书平时要上课，闲暇时间沉迷书海，如此下去，总不是办法，于是杨绛悄悄决定，寻找一处带灶具的住所，自己打理伙食。

因为钱钟书自称从小笨手笨脚，两个人的小家，也全由杨绛主持。杨绛虽然在母亲身边没有管过家，但一向谨慎的她懂得宽打窄出，两个人的生活费总有盈余。那些多出来的钱常被用于买书，有时候看到极好的书籍，杨绛因为担心回国时不好搬运，总劝说“下次再买”，有时候下次再去看，那书早已被人买走，每到此时，钱钟书总长吁短叹，追悔莫及，却也从不曾埋怨过杨绛。

为了搬家，杨绛悄悄在报纸上翻看广告，悄悄去看了几处房，却都在郊区，不适合他们租住，但世间事，向来是踏破铁鞋无觅处，得来全不费工夫。

一次，钱钟书和杨绛在晚间散步时，路过牛津大学公园，在对街的高级住宅区，看见一座三层洋楼上贴着招租启事。

杨绛暗自记下来，可是当她再去时，那启事已经不见了。尽管如此，杨绛还是抱着试试看的想法，找到了房主达蕾女士。

达蕾女士并没有直接回答是否有房间出租，而是观察并询问了杨绛的情况，之后，她带着杨绛来到二楼看了房间。第二天，杨绛便带着钱钟书来一起看房子，两人都很满意，于是便订下租约，再通知原来的房主老金，决定年后搬家。

那是一个有一间卧室、一间起居室的房子，大大的阳台，阳台下是汽车房，能看见大片的草地和花园。除了两个房间，还有单独的浴室和厕所，最重要的是有一间厨房，使用电灶。虽然这套房子也在洋楼里，但能从室外的楼梯直接通向花园，走小门单独出入，私密性很好，对面是修道院，环境安静，距离学校和图书馆都很近。

这便是他们的新家，虽然房租与水电费算下来比之前的贵，但仍能控制在预算之内。因为要自己做饭，钱钟书和杨绛提前到食品杂货店订下每日配送的鲜奶面包，又预定鸡蛋、黄油、蔬菜、茶叶等生活必备品，约定到时候送货上门，两星期一结账。

搬家的当天晚上，钱钟书累得倒头就睡，杨绛却疲劳过度，怎么也睡不着。第二天，钱钟书按照平日的习惯起得很早，杨绛则习惯晚睡晚起，当她起床时，发现钱钟书烤了面包，热了牛奶，煮了鸡蛋，还泡了红茶，加上果酱、黄油各种配料，一并端到了杨绛床头。

崭新的生活，全新的开始，一向不擅家务的钱钟书，竟然也能做出如此丰盛的早餐，杨绛大喜过望，钱钟书自己也颇为得意，从此，做早饭的重任就由早睡早起的钱钟书来完成，这一做，竟是一辈子，就像他们的相守，一牵手，便是漫长的一生。

小小天地

山高水远，归途何在，炊烟起处是吾家。无论人在哪里，有烟火气的地方，才有家的感觉，制作餐饭的地方可能只是食堂、厨房，却能让人从胃里一直暖到心里。

所以，有了自己的厨房，有了自己动手制作的三餐，家才有独特的味道和魅力。搬到达蕾女士的房子后，钱钟书和杨绛才算真的有了属于自己的二人世界。

“卷袖围裙为口忙，朝朝洗手做羹汤”，准备与制作，品尝与分享，原本就是生活中最大的乐趣，杨绛将制作午饭当作自己的专职，钱钟书负责当助手就好。炒菜做饭，尝试红烧肉，做咸炖鲜，从失败开始，不断尝试，最后到成功。

一次次的油花飞溅，一次次的香气蒸腾，锅里碗里，盛的是温暖，多的是情趣。牛津有严格的学生管理制度，规定学生每周在食堂吃饭的最低次数，以保证该学生的住校情况。除了必须在食堂吃饭的日子，钱钟书都留在家吃饭，他吃得好，人也胖起来，向岳父母汇报时，钱钟书附上照片写："爸爸，娘：近照一张，已变肥头胖耳之人矣！皆季康功也。下巴亦重……"

没有人活着是为了吃，但每日三餐，周而复始，心情也会随之不同，熟悉的中式饮食，让钱钟书心情变得欢快，每天的生活也兴致盎然。一次，他趁杨绛午睡，用饱蘸墨汁的笔，在她脸上画画，杨绛醒来匆忙去洗，废了好大力气才弄干净，几乎揉到脸颊脱皮，于是钱钟书再也不敢乱画。

新家的床是一对小铁床，刚好可以并在一起睡，晚上固定好电灯，竖着枕头靠坐着，还能合看一本书。晚间读物，通常轻松有趣，以小说为主。钱钟书边读边笑，就算没有好笑的，也会笑，虽然杨绛平时读书不哭不笑，但钱钟书一笑，她也会跟着笑起来。毕竟很多时候，令人开心的不是我们看了什么，或是感受到了什么，而是和谁一起看，和谁一起感受。

搬到新家，朋友也时常来往，比如北平图书馆与大英博物馆的交换馆员向达，以及和钱钟书一起攻读文学学位的英国同学司徒亚。有了两个房间，当朋友来时，杨绛便可以招呼几句，躲进另一间看书，不需保持微笑地勉力陪坐，也不用闻香烟的味道，这让她很开心。

因为旅程太远，钱钟书和杨绛带的东西不多，带了笔墨，却没有宣纸，只能用餐巾纸练字，钱钟书还作诗称“欲调无筝，欲抚无琴”“咏歌不足，从竹胜肉”。杨绛因为读书时便学昆曲，爱听也爱唱，便让父亲寄来《元曲选》，自己唱着玩，还会教钱钟书一起。钱钟书学习能力很强，却像少年时一样顽皮，总是边读边演，笑得气喘，唱不能唱，念不能念。

只有凭己之力搭建的家，才有快乐，而在两个人相互扶持共同努力的日子里，感情也变得更加和谐亲密，这也许是所有新婚夫妇最渴望的生活。自由，相守，没有长辈在前，没有同辈在侧，所有的生活，都是二人世界，所有的幸福，都在这片两个人亲手打造的小小天地之中酝酿、升温，变得越发浓醇。

暑期旅行

虽然离开家乡，离开祖国，思亲情切，故园梦深，但在牛津的第一年，仍然是美好的。对钱钟书来说，新的世界，新的学院，新的图书馆藏书，都向他敞开欢迎的大门；对杨绛而言，这是她读书最用功的一年，虽然想家，但这同时也是她平生最为轻松和快乐的一年。

连续 3 个学期的学习，钱钟书考完试，两个人决定趁着 1936 年的暑假游览伦敦、巴黎，他们和房主达蕾女士约好暑假后继续租住，并将行李寄放在她家里。

这是他们来到牛津后的第一次远游，学校的假期其实很多，但他们夫妻相伴，留在校园里埋头读书，打理生活，也并不觉得苦闷。

这个暑假，钱钟书的堂弟钱钟韩离开伦敦外出实习，钱钟书和杨绛便做了一次自由客。在伦敦“探险”，从西到东，穿过富人区，走到贫民窟，逛遍公园、动物园和植物园，广场漫步，书店淘书。那些居住在伦敦，平时难得相见的同学、朋友，也趁着这次暑假珍重相见。

越过英吉利海峡，来到巴黎。杨绛因为梳着娃娃头，脸色红润，被大家说“见过中国女学生，但未见过中国女孩”。

在巴黎，杨绛见到清华时同班学习法文的盛澄华，听说巴黎大学攻读学位需要两年学历，原本就想到巴黎大学攻读的钱钟书和杨绛，听从盛澄华的建议，办理注册入学手续，因为巴黎大学不需要每周去食堂吃饭证明自己在校，所以注册入学即被认可。

这里的中国同学更多，可是钱钟书和杨绛还来不及与故人欢谈，便匆匆搭乘夜车向瑞士日内瓦进发，去参加第一届世界青年大会。

曾为劳燕各自飞，如今片刻不相离。也许缘分真的很奇妙，捱过漫长的分别，就连参加会议，他们也能得到命运的恩典和馈赠，一同获得参加资格。钱钟书被委任为大会代表，杨绛则是被朋友介绍，成为中国共产党方面的青年代表，两个人都跟随中国共产党代表活动。

重要会议，钱钟书和杨绛一起参加，作为国家特派代表，钱钟书并不愿意上台发言致辞，刚好中国共产党代表方面希望争取这个机会，钱钟书便把自己写的英文致词交给杨绛，让她上台。

若是遇到能逃的会议，钱钟书和杨绛一定在外面“探险”，日内瓦向来以四季皆美的湖光山色著称，游兴高昂的两个人甚至想徒步绕行莱蒙湖，却发现越走湖面越宽，根本不可能完成绕行，只得放弃了之前的异想天开。

悠长的假日，就在欧洲弥漫着人文气息的城市和充满了山水风光的郊野度过，在牛津的第一年，在勤奋苦读之后，暑期旅行，便是他们另一种同样美好的精神享受。

心血结晶

以最甜蜜的心情，期待最可爱的生命，于是那份甜蜜便也随着期待与日俱增。很多夫妻都渴望一个蜜月宝宝，因为，那是两个人最幸福的时光，因此也会拥有最美妙的爱的结晶。

最浪漫的事，是一起度过悠长的甜蜜时光，不止一个月，而是在牛津的整整一个学年，钱钟书和杨绛是幸福的，因为他们的蜜月比任何夫妻的都要长，在远离双亲的异国，他们是彼此唯一的亲人，而在那个快乐的暑假，与他们的生命连接最紧密的亲人，悄然而至。

暑假快要结束了，离开日内瓦，钱钟书和杨绛一起返回牛津，那时的杨绛已经怀孕，因为妊娠反应感到头晕不适。列车行驶在路上，和他们在同一个车厢的，是两个加拿大女代表，她们中的一个抱住杨绛，让她躺在自己膝盖上，另一个则来回奔忙，用冷水浸湿大手绢，为杨绛冰额头。

因为杨绛长得一张娃娃脸，性情也开朗，代表们都喜欢她，称她是“That Chinese little girl”（那个中国小姑娘），见她不舒服，一路上关爱备至。

关怀，向来最让人放松，即便身体不适，沉浸其中，也会让人感到温暖备至，就在这样的温暖中，杨绛平安回到牛津，回到他们之前温馨的小家。

因为有一家房客搬走，房主达蕾女士为他们换了更大些的房子，还带着电热水器和大大的浴盆，居住环境得到了更大的改善。

1936 年秋，牛津大学开学，在盛澄华的帮助下，他们也同时成为巴黎大学的学生。这个秋季，钱钟书开始着手撰写自己的学位论文。

世界一流的学校，必有世界一流的要求，牛津大学的论文课题并不轻松，学院要求学生论文必须具有开创性，即便是向来思维活跃、成绩优秀的钱钟书，也一样需要刻苦钻研，他必须立足于前人未曾研究过的方面，归纳并分析得出自己的独特见解，因此，现成的参考资料并不多。

虽然在入学之初，钱钟书就已经开始思考，并且为自己的论文写了提要，但因为导师对汉学并不了解，课题的范围也被大大缩小，从最初拟定的《中国与英国文学》，变为《十七世纪及十八世纪英国文学里的中国》。

这是钱钟书苦读多年，又在牛津接受严格训练后的成果，凝结了他的心血，汇聚着他的思想，资料详实，深度昭然。其中涉及的作家、作者 432 人，包括皇帝、贵族、将军、使臣、传教士、航海家等，引文选择 418 种书籍和刊物，即便如此，他也仍然谦虚地说“挂一漏万”，定有遗漏。据说，1986 年英国女王访华前，还曾调阅过这篇论文。

除了钱钟书的论文在稳步创作完善，另一个备受夫妻两人关注的小生命也在慢慢孕育成长。为了分担杨绛的负担，钱钟书开始学着做家务，杨绛虽然依旧用功，但随着妊娠反应越来越严重，她的“成绩”渐渐落下。

读书比赛第二年的年终结算，钱钟书在日记里写道：“季总计今年所读书，歉然未足。”

不足，也不要紧，夫妻之间的比赛，本在情趣，而他们爱的结晶，更是让这种情趣变得更加意义非凡，令人沉醉。

星海小姐

在传统思想里，男孩似乎总比女孩讨人喜欢一些，只有在战乱年代，才有生出“信知生男恶，反是生女好”的悲叹，因为“生女犹得嫁比邻，生男埋没随百草”。

钱钟书虽然成长于旧式家庭，但自小顽皮淘气，随着想象力的放飞，思想也变得非常开放，再配上他那单纯的“痴气”，说到喜欢儿子还是女儿时，他想也不想地对杨绛说：“我不要儿子，我要女儿——只要一个，像你的。”

想要和你拥有一个孩子，要像你的，才最好，因为你在我眼里，便是最好的。这不是刻意而出的情话，而是内心深处，最为真挚动人的告白，只一句，胜过千言万语。

1937 年春，钱钟书便提前到牛津妇产医院为杨绛订房间，预约接生大夫。因为考虑到中国人思想相对保守，医院的女院长问钱钟书："要女大夫？"钱钟书毫不犹豫地回答："要最好的。"于是，院长为他们推荐了斯班斯大夫。

就像想要一个像妻子的女儿，他希望给杨绛最好的，男孩女孩、男大夫女大夫都不重要，只要是最好，便可以。

斯班斯大夫的诊所设在家里，与钱钟书和杨绛的住所在同一区，步行不过十分钟，杨绛起先是每月检查一次，后来是两周一次。

推算出的预产期在 5 月 12 日，刚好是约克公爵，即乔治六世的加冕日，所以斯班斯大夫告诉杨绛，她将生一个"加冕日娃娃"。

可是，到了加冕日，娃娃并没有要出生的意愿，5 月 18 日清晨，在超过预产期一周之后，这个娃娃才姗姗来迟，向自己的母亲发出了预备信号。

钱钟书陪杨绛乘汽车住进医院，因为阵痛并不厉害，医生便让她休息一晚。到了 19 日，杨绛用尽力气，也没能让婴儿出生，医生不得不实施麻醉，借助产钳将小家伙夹了出来。

如钱钟书所愿，杨绛生下一个女儿，但因为缺氧，她憋得浑身青紫，被护士使劲地拍，才大哭起来。

这是在牛津出生的第二个中国婴儿，她哭得特别响亮，于是护士们称她为Miss Sing High，意译为“高歌小姐”，译音则更美妙——“星海小姐”。

那天，钱钟书来看望杨绛四次，因为没有公交车，又舍不得乘汽车，他都是步行往返。上午第一次来，得知生下了女儿，母女平安，但医院不准他探望杨绛。第二次来，被告知杨绛因为麻醉还没有醒。第三次来，才算见到，杨绛因为疲劳和麻药作用，昏昏睡着，也没力气和他说话。直到下午茶后，钱钟书第四次赶来，杨绛才清醒，听说钱钟书已经来来回回步行七次，怕他累到，叮嘱他回去的时候要坐汽车。

医院的护士特地将“星海小姐”抱出来给钱钟书看。他看了又看，那么高兴，说着“这是我的女儿，我喜欢的”。

在远离故土、远离父母的异乡，他们成为了父母，有了自己的女儿，一句“我喜欢的”，说出了多少父母的心声，而这样的“欢迎辞”，又是多少儿女的幸福，得父如此，幸甚大焉。

有我在呢

女人最好的温柔，是照顾，但她们最令人信服的，是能力。钱钟书和杨绛的小家，少了杨绛，便运转得不那么顺利了。

原本牛津妇产医院的床位有限，单人病房的病人可以住一个星期，最多十天，普通病房只住三五天。因为杨绛体弱，又遭遇难产，每当快出院时又现不妙，于是母女俩在医院里破例住了三周零两天，整个产后“月子”差不多是在医院度过的，这段时间，她从护士那里学会如何给小婴儿穿衣、洗澡，如何换尿布。

就在杨绛学着照顾孩子的时候，独自在家的钱钟书却没人照顾了。

一个人的精力总是有限，过多地投入在某个方面，面对另外的事情，总显得有些捉襟见肘、手忙脚乱。一向自称“拙手笨脚”的钱钟书，精于文字，专长学术，但他在日常生活方面却是迷糊到令普通人瞠目的。

初到牛津，环境不熟，他狠狠地绊了一跤，摔断了门牙。他不知要如何系鞋带，因为没有穿过皮鞋，读书时穿的是大伯的大钉鞋，后来穿的都是布鞋；他手洗衣服洗得不干净，收拾起东西也是稀里糊涂，所以，在杨绛住院的日子里，钱钟书过得多少有些狼狈。

他总是闯祸，按他自己的说法，就是“又做坏事了”。他每次来医院看杨绛母女，经常一脸愁容地告诉杨绛，他写论文时不小心打翻了墨水瓶，墨水洒在了房东的桌布上，或是他把台灯弄坏了，还有门轴的两头，上面的球掉了一个，关不上门……

这些在钱钟书看来，都是无法挽救的“灾难”，但杨绛告诉他“不要紧”，桌布可以洗干净的，台灯和门轴都可以修。在他们共同生活的日子里，杨绛总是一边说着“不要紧”，一边“神奇”地解决了让钱钟书感到束手无措的“难题”。

于是，她说“不要紧”，他便放下心来，一切如故，安稳如初。这些小小的麻烦，也正如杨绛所说，在她回到家之后，很快便解决了，桌布是原来的样子，台灯也是，门也顺利地关上了。

虽然机敏，但沉着，所以看起来总是那么不慌张，总是那么欢快，这便是杨绛。在钱钟书去学校上课的日子里，她曾经因为忘带钥匙，借了园丁的长梯爬上阳台，因为窗户关着，她只能踩着木箱从门上方的小气窗爬回卧室；也曾两个人在起居室喝过下午茶后，突然意识到自己的头晕、昏沉是因为煤气中毒，开窗自救。

女人大多是情绪化的，她们敏感，平日温柔，遇事却容易惊慌，而杨绛，平日活泼，遇事却沉着理智。她的沉着，弥补了钱钟书的迷糊；而她的理智，让他们这个小小的家，不会因为过于顽皮欢乐，成为一个大型的游乐园。

但即便是自立的女人，也需要人体贴疼爱，这不是常识，而是夫妻之间、爱侣之间发自内心的珍惜与呵护，“憨痴”如钱钟书，不需要明白这个道理，他只要按自己心中所想去做，便是一场盛大的惊喜。

杨绛在“月子”的最后几天里回到家，她根本想象不到钱钟书会带给她怎样的感动。向来不擅长料理生活，只给杨绛当助手的钱钟书，竟然亲手炖出了一锅香浓的鸡汤，鲜绿的豆瓣青嫩，漂在汤里，勾人食欲，既温馨又温暖，既暖胃又暖心。

于是那几天里，杨绛喝汤，钱钟书吃肉，小小的女儿“吃”妈妈，从此，原本只有两个人的家，成了“我们仨”。

“我们仨”，便是一个家

我们的家

父母与子女，到底是什么样的关系呢？

其实，我们都是彼此的第一次，人生的第一次。第一次成为你的父母，第一次成为你们的子女。

因为是第一次，我们都不够熟练，所以在以后的日子里，请多关照。

初为人父的钱钟书很喜欢这个小小的女儿，也心疼杨绛为了他们的女儿受尽艰辛，在他忙于论文写作的同时，努力学着照顾杨绛母女。

钱基博老夫子得知有了孙女，郑重地为其命名“健汝”，号丽英，因为生在牛年，因此起了一卦，得出“牛丽于英”。但钱钟书与杨绛觉得“钱健汝”读起来拗口，便顺口将女儿唤作“圆圆”。

钱钟书，杨绛，钱瑗，凑在一起，便是他们的家。

家是人在异乡的归处，是万水千山的回望，也是旧梦重温的记忆与牵挂，一代一代，家的纽带在不断延续，而身为父母的钱钟书与杨绛，正是在与自己原生家庭的羁绊中，学着如何让他们的家更加亲密，更加温馨。

虽然在英国的生活新奇而快乐，但杨绛就像在清华读书时一样，非常想家，每周都会写一封家信，但这样的信，要在路上走两个星期，常常都是刚寄出一封信，几天后收到的却是前一封信的回信。这是杨绛最开心的时刻，父亲的亲笔信，母亲也会亲自附上几句话，两个妹妹写一小张纸，若是大姐也在家，信就更长。

钱钟书的信很少，常常是杨绛收到了三封，他才得到一封。父亲的信很严肃，都是教导，母亲从不写信，三弟偶尔会写信，鲜少说笑。

但钱钟书似乎并不在意，他想念的是故乡的风物，却不怎么想家，因为他的家庭生活并不快乐。疼他的伯父带他打拳、去茶馆，给零花钱租小说看，看成了近视眼，上学时老师在黑板上进行数学演算，他看不见，自然也学不好。后来伯父不在，就更没人关心照顾，饭食，鞋袜，断掉笔尖的钢笔……他总说杨绛的童年比他快活得多，他小时候的事，想起来也只是苦，所以不想也罢。

正因为缺少这种温馨的家庭气氛，钱钟书更羡慕、也喜欢分享杨绛家信中的快乐，每每杨绛收到信，他总要读，杨绛回信，他也会附上几句。

杨荫杭的信中，时常写几句诗，考杨绛和钱钟书诗句的出处和作者，逸趣横生。当收到杨绛的信，知道她快要入院生产时，母亲还在信上附笔让她别换错孩子，父亲更是兴致颇高，在其后又附："当心别换了一个金头发蓝眼睛的。"

这封信上，调皮有趣的附笔是杨绛母亲最后的消息。1937 年春夏，国土危难，杨绛的家人也迫不得已离开苏州，开始了逃难生活。家书断绝，在杨绛刚刚晋升为母亲之后，她与自己母亲的联络，就这样被阻断了。

烽火连月，乡书何处，于是，"我们仨"的家，成为暂时隔绝的、英伦半岛上的家。

人在巴黎

人生路上，风雨莫测，前景虚渺，变故良多，一世静好是愿景，不是许诺。当我们迈向未来，与其苦苦寻觅万无一失的方法，不如寻一个真正志同道合的人，懂你的想法，认同你的做法，在做每个艰难的选择时，对你微笑颔首，这样的“我们”，才能穿越无边的风雨，不迷失，不离散，一直一直，一同行走在人生路上。

在很多看法上，钱钟书与杨绛正是这样彼此志同道合的人，因此杨绛认为钱钟书并非“书呆子”，而是书生风骨书卷气，所以钱钟书说杨绛“与众不同”，也正是这样的相似，让他们在很多时刻，在很多方面，都有共同的想法和感受。

女儿出生后，钱钟书的论文也顺利通过答辩，取得学位，拿到了牛津大学文学学士文凭。但一向钟情于书的钱钟书觉得为了学位在一些必修课上耗费时间太不值得，不如将省下的时间用来读书。

最初，钱钟书与杨绛希望注册入读巴黎大学，是想读取博士学位，但经历了牛津的求学生活，两个人都决定不再为追求学位而读书。

1937年8月下旬，钱钟书与杨绛带着圆圆离开牛津，从伦敦转多佛港，乘船离开多雨多雾的英伦半岛，横渡英吉利海峡，由加莱港踏上欧洲的土地，前往巴黎。

之前帮助他们代办巴黎大学注册入学的老同学盛澄华在车站接他们。这位可靠的朋友，已经提前代他们一家租好了公寓，房子在近郊，到市中心乘车只要5分钟。

公寓的女主人是一位退休邮务员，烧菜很棒，能为房客提供日常三餐。最初，钱钟书与杨绛也和其他人一起吃饭，虽然菜肴丰盛、价格便宜，但法式用餐流程复杂，菜要一道一道地上，午间一餐下来，竟能花费两个小时。

钱钟书心疼那两个小时的时间，而杨绛饭量较小，又喜欢喝汤，再加上哺乳期也需要汤食，于是他们决定自办伙食。租住的房间刚好有厨房，杨绛做饭，钱钟书到集市去买菜，顺便练习口语，一举两得。

温暖，顺利，不慌不忙，满心欢喜，就这样，钱钟书、杨绛与圆圆三人开始了在巴黎的生活。这里的生活比在牛津时闲适，天气总是明媚的，中国留学生很多，游客也不少，总是很热闹，自由开放的气氛，也让人更容易放松，融入春日般的和煦与浪漫之中。

三人读书

一个家庭里无论是饮食、作息还是爱好，总会有很多共同之处，最美妙的是，两个人是因为共同的爱好和志趣走到一起，因为这样的基础，才有了一个家，以及家的延续。

书籍与阅读，向来是钱钟书与杨绛的兴致所在，他们的交流也是因此而建立起来的。这个习惯被他们带到牛津，又带到巴黎，充斥着家庭的每个角落，而他们的女儿从睁眼便浸在这满是书香的环境中。

巴黎大学都是大课，没有“一对一”教学，学费和生活费都比在牛津时低廉，学校的管理也相对宽松，钱钟书与杨绛虽然付费入学，但很少去上课，只是按照自己的课程用功读书，有多半学生和他们一样，不上课，也不读学位。

没有了必修课和论文的压力，钱钟书有了更多的时间读书，每日阅读中、英文，每隔一日读法、德文，后来又学意大利文，进步神速，一开始，他和杨绛一起阅读福楼拜的《包法利夫人》，不认识的生字比杨绛多，一年后，便远远超过了杨绛。

大部分书都是住在大学城的盛澄华帮他们借来的，稍有闲暇时，他们便会去旧书店淘书，也会偶尔在咖啡馆坐一坐，感受一下属于巴黎的时尚生活，但更多时候他们会选择在家里读书，三个人一起读。

钱钟书和杨绛是成年人，圆圆是个小娃娃，想读书的话需要坐在高高的凳子上，才能学出父母读书的模样。为了让她有样学样，钱钟书和杨绛买回大册的丁尼生（Alfred Tennyson）的全集，因为这本书非常大，字印得细，价格也非常便宜，这便是圆圆的道具。

钱钟书在读书，杨绛也在读书，他们都有记笔记的习惯，圆圆正是爱模仿的年纪，她拿着一支铅笔，大大的一本书摊在面前，一边看，一边在书上乱涂乱画，学得很像样子。

有些习惯，是在潜移默化中形成的，哪怕在当时当地没人知道这样做意味着什么，在长长的来日里总会得到意想不到的收获。

钱钟书与杨绛的读书教育并不是刻意为之，而是因为夫妻两人都太爱读书，自然而然家庭的主要活动便成了三个人一起读。

读了多少、读懂多少，对年幼的圆圆来说并不重要，重要的是，她在很小很小的年纪里，便被引进书籍的大门，成为“钟书家庭”的一员，从此，在书海之中，与自己最亲近的家人——她的父母一起扬帆起航，同舟共济。

唯一的爱

生命的馈赠，总让人感到世界也随着明媚起来。儿女之于父母，便是如此，因为你们的到来，他们的世界灯火亮了，喧闹静了，窗明几净，能看见所有的温暖，迎接每一寸阳光。

曾经小小的、哭声嘹亮的“星海小姐”，现在已经长成一个乖巧的小人儿，她不怎么哭，安静的时候居多。她拥有一辆手推车，是父母专门用来推她出去晒太阳、呼吸新鲜空气的。和她的母亲杨绛一样，圆圆非常喜欢外面，她最早会说的便是“外外”。

这是一个非常活泼的孩子，但又很乖，钱钟书非常喜欢这个女儿，甚至不想再要第二个孩子。

率真的人，理由总是很单纯，钱钟书非常认真地对杨绛说，如果再生下一个孩子，这个孩子比阿圆好，他们因此而喜欢那个孩子，又怎么对得起阿圆？

一个父亲最深沉的爱，是不想再要其他的孩子，因为这个女儿，像他的爱妻，因为这个女儿，是他们的唯一。

钱钟书和杨绛的对门住着一对公务员夫妇，丈夫上班，早出晚归，太太一个人在家。对门的太太非常喜欢小孩，自己却没有，所以又乖又可爱的圆圆总被她抱到家里玩耍。

圆圆性格极好，又不怕生，安静地听太太唱儿歌，跟着学法语单词，若是钱钟书和杨绛需要一起出门，就会将圆圆托付给这位太太临时照看。

因为相处得熟悉，对门的太太还曾提议并游说杨绛，可以由她将圆圆带去乡间，无论是空气，还是饮食，都要更新鲜，也更健康，环境比巴黎好，交通也方便。

为此，对门太太曾试着将圆圆的小床搬出来，放在她的卧室，想看看小家伙离开父母能不能适应。结果，圆圆一夜睡到天亮，不哭不闹，而钱钟书和杨绛隔着几道门躺在床上，牵肠挂肚，通宵不眠。

幸运的是住在对门的男主人要在巴黎工作，太太和圆圆就没能搬到乡间去住，这当然是好事。若不然，这唯一的爱女被从身边带走，无论是钱钟书还是杨绛，都会因为夜夜记挂累坏身体，最终还是要将圆圆接回来的。

家之所以被称为家，大约正是因为能和最亲近的人相守在一起，任何一个人的离开，都会让这浓浓的幸福变得淡然无味，可是无论是父母还是子女，又有谁能真的一路相伴？于是想念和回忆，组成关于家的另一副模样——你一直都在，你从未离开。

踏着战火与硝烟归去

魂梦相牵

世间总有很多来不及，比如来不及说谢谢，比如来不及好好道别，比如明明以为还会相见的人，却再不得见。

从 1937 年 7 月开始，因为战争导致的经济危机，法郎贬值，阴霾悄悄地弥漫，遮住欧洲曾经晴朗的天空，形势变得越来越不妙。就连注册户口这样的事，排队两天也没有办成，最后还是经人“指点”，在证件材料里夹了钞票，才顺利办妥。

当时，德军的战火还未燃向巴黎，但钱钟书和杨绛很关心局势，尤其是国内的情况。因为苏州失陷，杨绛的家人开始逃难，家书中断，让钱钟书和杨绛挂念许久。

再收到家信，是大姐寄来的，说父亲已经带着她和妹妹阿必到了上海避难，报了平安。杨绛收到信，自然放心许多，可是又觉得好像哪里不太对，这么久之后的通信，却少了一个很重要的声音，母亲在哪里？她怎么不说些什么？

即便远隔万里，家中变故仍是最牵游子心，在杨绛的追问下，大姐在回信中才告诉她，母亲不在了。

也许最痛苦的，不仅仅是痛苦发生的时刻，在其后一次次的回忆中，我们依旧能感到那蚀骨灼心的痛，一分一毫在身体中蔓延，侵入心脾，肝肠寸断。

大姐在信里这样讲述着。苏州第一次遭到空袭时，飞机就在杨绛家大厅的上空来回盘旋。第二天，父母便带着杨绛的大姐和妹妹阿必，以及杨绛的二姑母、三姑母逃往香山，暂住在曾经一名当事人的房子里。

那时正值深秋，苏州已经失守，香山附近也开始准备抗战，母亲却得了恶性疟疾，发起高烧。

房子前面就是挖好的战壕，附近的居民已经全部逃走，根本找不到医生救治。父亲不肯抛下奄奄一息的母亲，打算让阿必跟着两位姑母逃难去，他自己带着杨绛的大姐守在妻子身边，最惨烈不过同归于尽，但阿必说什么也不肯走，于是一家四人留在了香山。

失陷前夕，杨绛的母亲去世了。棺材是父亲事先用几担大米换来的，父女三人将杨绛的母亲入殓，找人帮忙抬到借来的坟地去。

信纸太薄，伤痛却太浓，浓得从字里行间流淌出来，直流到杨绛心里，再从眼底倾泻而出。

信里的父亲，在战火灼伤的荒野上失声恸哭，他不得不离开自己的爱妻，却又担心在连天的炮火过后，找不回她的尸骨。于是他在棺木上，残墙瓦片上，周围的树木、地面的石块……所有能写的地方，通通写上自己的名字。

如此，即便这里被炸到面目全非，也总能循着些微痕迹，再来寻觅。

这样的一封信，让杨绛从掉泪到放声痛哭。在万里之外的故国，在战乱颠沛的岁月，平常完全可以医治的疾病，就这样夺走了杨绛的母亲，那个从她回门之后，就再未曾谋面的母亲。她甚至来不及告诉母亲，她有了自己的孩子，她也成了一名母亲。

往后的日子里，家书中再没有父亲的声音，悲伤的他不再写信，而母亲，那温和慈爱的母亲，从此却只能在夜来的浅睡中魂梦相牵，此生再无缘欢喜重见。

归途何处

生活总在继续，无论痛苦或是快乐，不停歇，不回头。懦弱的人，躺在原地不起，勇敢的人，懂得努力向前，因为生活，从来不是一个人的旅行，纵有再多痛苦，也要为了自己身边的人坚强面对。

母亲的离世让杨绛悲痛万分，所幸有钱钟书陪在身边百般安慰，有可爱的圆圆在眼前，欢笑连连。有些伤痛，注定需要温暖才能减缓，因为，那伤痛的根源恰是因为失去了相似的温暖和牵挂。

在这个悲伤的冬天，钱钟书从家信中得知父亲已经跟随浙江大学离开杭州向内地迁移，到了浙江西部，母亲携带儿女南往上海，与叔父住在一处，一大家人勉强度日。

举国皆殇的年代，分离随时发生着，流离失所、坎坷避难的并不只是一两个家庭而已，所有人的疼痛都汇集在一起，成了同样的词汇，是战争，是国难。

1938年的早春，天气还没有回暖，钱钟书与杨绛便计划回国。庚款奖学金原本可以申请延长一年，国内战火连天，工作也毫无着落，但他们依旧决定按期回国。

1938年的3月12日，钱钟书写给英国同学司徒亚的信中说："……我们将于9月回家，而我们已无家可归。我们各自的家虽然没有遭到轰炸，都已被抢劫一空。……我的妻子失去了她的母亲，我也没有任何指望找到合意的工作（指国难期间），但每个人的遭遇终究是和自己的同胞连在一起的，我准备过些艰苦的日子。"

有志者，经风霜，仍高洁，坠泥潭，犹不染，即便清楚地知道回去后将要面临艰难的日子，他们仍然托朋友买了船票。

当时，法国的形势已经非常不好，离法的船票非常紧张，但那些离开的人，有些是回到远离战火的故国，而钱钟书和杨绛却是要回到当时已经全面开战的祖国。

钱钟书开始写信向在国内的师友和一些单位谋求工作，收到的回信中，愿意聘用他的有外交部、英文《天下月刊》

以及上海西童公学。

临近出发，来自西南联合大学文学院院长冯友兰的复信到了。西南联大愿意破格聘请钱钟书出任外文系教授，月薪 300 元。通常，归国的留学生都要先从讲师做起，再慢慢晋升。

得到母校伸出的橄榄枝，钱钟书喜出望外，这既是难得的认可与殊荣，也从现实意义上解决了回国后一家人的生计问题。

离开，是为了更好地相聚，但此次归途，注定不是欢欣满怀的，船票的另一头并没有阖家团圆、岁月静好的新生活等待着他们，而他们将要告别的土地，今后也不知能否归来。

就这样，在离家 3 年之后，钱钟书与杨绛收拾好行囊，带上圆圆，踏着战火与硝烟归去。

就此相别

有人说，看一个人搬家时的箱子，看一个人旅行时的行囊，便知道这是个怎样的人，有着怎样的爱好，追求着怎样的生活。

离开法国前，钱钟书和杨绛开始收拾行囊，因为钱钟书已经决定接受西南联大的聘请，他的行囊也是单独整理的。除了衣物，剩下的都是书籍，当初从国内带来的中文书籍大多送给了朋友，带回国的，几乎都是两人在英国和法国时寻到的外文书。

一个是自小“钟书”的“书呆子”，一个是“寒素人家”的四女儿，这个家庭并不富裕，只有书，是他们最宝贵的财富，一本又一本，一叠又一叠，撑起他们的人生前途，填满他们远走的行囊。

离开时，钱钟书和杨绛带上才断奶两个月的小圆圆离开巴黎，乘火车先到马赛，再登上法国邮轮，驶入回国的无边浪涌与未知风雨中。

人生最精彩的部分在于我们永远不知道接下来会发生什么，而最惨痛的部分，则是我们再也无法回到过去。而那些没能预料到的苦难，成为我们记忆中最难释怀的遗憾、最易被勾起的感触。

因为出国时乘坐的轮船上提供的伙食非常好，杨绛一心以为回去时饮食也不会太差，所以并没有为圆圆准备必要的辅食和营养品。

船票难求，虽然托人帮忙，又带了孩子，钱钟书与杨绛一家也只买到了三等舱的船票，再加上战争时期物资匮乏，圆圆在船上每天只能吃土豆泥，每一顿都是土豆泥。

上了船，漂泊海上，再没有添置补给品的可能，半个多月的时间过去，圆圆从离开法国时胖乎乎的小娃娃，饿成了一个可怜巴巴的小人儿。

邮船再次在科伦坡停留时，钱钟书和杨绛在船上结识的 Kuriyan 博士请他们带上圆圆到他家去吃晚饭，让圆圆喝些新鲜牛奶补充营养。也许，艰难之中的援手，令人更觉温暖，因此，钱钟书将这次重访锡兰的经历写成诗句，“难期后会忍轻别，芥饭椰浆坐落晖”。

感谢你的友善与慷慨，愿灾难过后再相逢时，海风温暖，椰浆甜腻，漫天落晖，有着胜似朝霞的温暖。

船到香港后，按照之前的计划，钱钟书带着自己的单人行李先下船了，他要从这里走海防转云南境内，前往西南联大报道。

杨绛抱着小小的还不会讲话的圆圆站在甲板上，看着钱钟书搭上小渡船驶向岸边。3 年前，两人因为晕船饿得肚皮贴后背，在这里下船找吃的，如今，钱钟书独自登岸，身后是渐渐远去的庞大邮轮和很快小到模糊不清的杨绛和圆圆。

这是3年来钱钟书与杨绛的首次别离，也是圆圆出生后，“我们仨”的第一次分别。从此战火硝烟，只能祈祷，西南东海，各自安好。

第三章

守望：你是最贤的妻

在危难的岁月里，总有人像灯火，燃尽黑暗和不安，温暖每个难眠的夜晚；当这灯火远隔千里，遥遥不可及，它便成了风雨中的灯塔，驱散迷雾和未知，点亮生命里所有的希望。

等了很久，你总不给我写信

“孤岛”生活

“夫妻本是同林鸟，大难临头各自飞”……一个孤身从香港入内陆，偏安彩云之南，一个携幼女自上海返故土，看尽孤岛之殇。

怎能不愿连理同青翠，可惜焦土裂地只硝烟，并非不想比翼共长飞，无奈霾空愁云映天火。除了惦念在上海的父亲，杨绛也担心自己同去内地，会拖累钱钟书，而圆圆尚小，只有一岁稍长，妻小随行，总不如钱钟书独自一人便利。

彼此信任的人从不畏惧分别，哪怕再次的重聚遥遥无期，也必定是暂时的，就像曾经的北平与江南，劳燕参商，总能相见。

钱钟书心疼圆圆，也理解杨绛的难处，虽然一向不善照料自己，他仍然没有强邀杨绛同行。离水悠悠，小船上的每一次晃动都是“行迈靡靡，中心摇摇”，相知者，谓其心忧，不知者，谓彼何求。悠悠苍天，总怨战火无情，总叹人间有味。

邮轮抵达上海时，曾经热闹繁华的大都市已经沦陷，没有被日寇侵占的几大租界，宛若灾难之海中仅存的生存之所，被人们称为“孤岛”。

杨绛带着圆圆下船时，钱钟书的弟弟和另外的亲戚赶来，将母女俩接到位于拉菲德路的钱家。

回国只是一切苦难的开始，战争不曾放过任何一个人，从钱钟书与杨绛决定归来的那个瞬间开始，就注定了他们要面对和承受连年的战争，在无边的黑暗中，忍着伤痛与艰辛，寻觅足已点燃希望和胜利的星星之火。

到上海的第二天，杨绛便带着圆圆匆匆去三姐家看望父亲。

不曾决定回家时，思乡情切，却不敢多想，反而是决定回国后，家的影子、亲人的容颜时时在梦中浮现。登上回国的邮轮前，杨绛每次梦到家时便自己掐自己，怕是梦，怕梦多了，醒时惊觉犹未归，哀伤难过总凄凉。

不是少小离家，并非霜鬓而归，但是家，却不再是记忆中的情景、梦里的样子。

因为三姐在医院生产，小弟弟正在维也纳读书，七妹婚后住在无锡，杨绛只见到了父亲、大姐和妹妹阿必，而母亲，是永远地缺席了。

听着大姐讲起母亲去世前后的经过，杨绛再次泪流不止，若不是战争，母亲的病怎会耽搁到无法救治，但或许这就是命运的残酷之处，一次挥别，竟成永远。

生活中总有些陪伴能隔绝苦难，重新点燃欢笑和喜悦，即便是在最惨淡的时光中，这大概也是为什么我们总愿与最亲近的人相依相伴，因为和他们在一起，无论地狱、炼狱，生命里也总会偶尔透进天堂般的阳光和希望。

我们一家

人在苦难时总会激发出更大的力量，也会展露更多的品格。因为与叔父同住，钱家人丁众多，从来人多嘴杂是非多，可杨绛却是大家都夸的那一个，孩子们也都喜欢她，婶婶甚至用歇后语打趣杨绛，说她是“盐钵头里出蛆，咸蛆（贤妻）也”。

刚回到上海的圆圆因为年纪尚小，对环境的巨大变化表现得更加直接敏感，她不喜欢钱家人围着她盯着看，他们逗她，她会不高兴地连说法语“non non！”来拒绝，若是有人靠近她，她还会发出像小狗一样“rrrr”的低吼，钱家人都戏称她在“打花舌头”。

小孩子的直觉总是那么准确，仿佛天生就携带着能嗅到灵魂的鼻子，面对外公一家人时圆圆就变得很乖，自在又放松。外公会疼爱地将她抱到膝上，一边和杨绛聊天，一边摸着她的小脸，姨妈会拉拉她的小手，温柔地唤她“圆圆头”，一切都是那么温暖自然。还有三姨妈的二女儿，大眼睛、长相可爱的肇琛，乳名“妹妹”，只比圆圆大3岁，圆圆很喜欢她。

因为钱家人与杨家人都说无锡话，圆圆也很快学会了说无锡话，她对杨绛说的第一句话，就是告诉妈妈“那（外）公说我杜（大）那（额）角楼（头）”。

杨绛回来后，杨荫杭决定搬出去单独住，刚好杨绛的表姐、三姨妈的女儿住在霞飞路来德坊，她的丈夫在内地工作，听说杨家情况后便将自己家三楼的房间腾了出来，她自己和婆婆、妯娌用二层，自己的母亲、杨绛的三姨妈住四层。

父母如老宅，院落浓荫檐遮雨，小燕有归巢。

杨荫杭搬到来德坊后，便将杨绛和圆圆接过去同住，母女俩终于有了去处，不用时时和钱家挤在一起。就这样，表姐家三层一南一北两个大房间成了杨家人团聚的温馨小家。

杨家由大姐主持，小妹正读高中，早出晚归。家里又请了一名女佣负责做饭洗衣、打扫房间，另有一位小阿姨照顾圆圆，接替了杨荫杭的“奶公”职务。

在上海的三姐和在无锡的七妹也经常带着孩子来聚会，少了钱钟书的相濡以沫，杨绛至少还有“我们一家”的陪伴，唯一的遗憾便是不在的母亲。

因为怕父亲难过，在他面前，大家都默契地不提母亲。但因为杨绛回来，杨荫杭的心情好了许多，他戒掉了之前日日服用的安眠药，偶尔也会因为一些事提到她们的母亲，说幸亏她不在了，不然又会因此不满。

虽然战争阴霾未散，虽然他们的新家不如苏州庙堂巷的大宅，但人间事，最暖不过一家人聚在一起，热闹亲近，欢声笑语，因为，纵然烽火不熄，“我们一家”还能温馨相守。

重振振华

跟随父亲同住后，杨绛的生活轻松了很多，霞飞路离拉菲德路很近，杨绛经常抱着圆圆到钱家去“做媳妇”，与之前常在婆家不同，这时的她只要带些东西孝敬婆婆，给长辈请安，帮忙做做家务便好。

不久后，杨绛经人介绍成为专职的家庭教师，给一名广东籍富商的女儿补习高中课程，因为科目包括中、英文和数理化等，她上午、下午都要出门，很少有时间再去钱家“做媳妇”了。

优秀的人永远不会被人忘记。守着父亲的平静生活还没过多久，振华的老校长王季玉便找到杨绛，要她帮忙在上海租界开设振华女校。杨绛起先是抗拒的，但最终耐不住老校长的软硬兼施，答应帮忙半年时间。

一向不爱儿女做官的杨荫杭听说杨绛要去做振华的校长，沉吟一下说“此事做得”，他信赖王季玉的人品和作风，更何况在那个特殊时期，若想不为敌伪做事，可选择的工作并不多。

在战时筹建分校，那是一种怎样的艰难呢？找教师，找校舍，从职工班底到各种预算开销，杨绛全要从头学起。就在她忙得晕头转向时，钱钟书回来了。这是难得的相聚，虽然短暂，却是无限的惊喜与宽慰。

原来，国立西南联合大学搬到昆明后，因为校舍不够，文法学院暂时设在县城外，直到 1938 年暑假才迁回昆明，正是因为这次搬迁，秋季的开学日期被推迟到 11 月初，钱钟书 9 月下旬报道后，难得有了几天时间，在 10 月返回上海，与家人团聚。

真正了解你的人，懂你的价值，欣赏你的奋斗，因为他们知道，你的努力，价值连城。

按照钱基博老夫子的观点，女人出去工作无大用处，但钱钟书却非常支持杨绛，他亲眼看到杨绛奔走的辛苦、隐忍的艰难，才华与价值总要有施展的空间，他只是劝杨绛不要让自己太累。

未来总不可知，但在艰苦无措的日子里，最难得的便是家人、爱人的理解和支持。仿佛是命运的馈赠，杨绛压力最大、最感焦头烂额之际，钱钟书刚好在她身边。

短短的四五天里，相聚，是杨绛挤出的时间，在马不停蹄的忙碌中，悄悄喘息一下，为自己、为他们的小家、为钱钟书留一些位置。

从上海到昆明，即便是和平时期，也是路途遥远，千里迢迢，钱钟书不敢久留，纵有千般不舍、万种担心，也只能匆匆启程，返回昆明。

越是短暂的相逢，越能让人印象深刻，因为在一起的每一秒，都被用心体会，于是原本在不经意间流逝的时间，成为分秒入心的铭刻。

离开的那天，为了不惊动长辈，钱钟书走得很早、很安静，只有杨绛一个人送他出门。

那个泛着凉意的清晨印刻在两人的记忆里，就连当时的空气和凉意，天上犹未隐去的残月，纵然多年后再回忆，依旧那样真实清晰，仿佛触手可及。

春城“冷屋”

最难过的分别，不是挥手转身的时刻，也不是在你看不到的地方独自叹息落泪，最难过的是明知道自己一步又一步、一里又一里、山一程、水一程，每分每秒都在远离最难舍难分的你，却还是不能停下远去的脚步。于是音容的温暖，陪伴的欢喜，从此只在旧日梦中。

从上海到昆明，从和缓的冲积平原到层叠山峦脚下的高原，5000 里路，钱钟书走得无比漫长而艰难，他爱着自己的母校，也爱着战火中依旧孜孜不倦的学子，但随着距离越走越远，他对杨绛和圆圆的思念也越来越深，越来越浓，深得沉进了书海涌动的心底，浓成举手投足间无法觉察的习惯，日日时时，如影随形。

从 1938 年 11 月到 1939 年 7 月，钱钟书独自在昆明度过了两个学期。

他住在大西门文化巷 11 号的民房，院子里还住了其他老师和高年级的学生，很是热闹。钱钟书的房间“屋小如舟”，因为少了妻女的陪伴，他将这里命名为“冷屋”。

那一年，28 岁的钱钟书风度翩翩，他是联大最年轻的教授，授课风趣，引经据典。上课时，他的腋下总夹着一大摞书，一匣匣的线装书，一本本的精装外文书，虽然厚重，却有着别样的沉稳与风雅。

钱钟书为外文系高年级的学生开设了两门重要的新课，《文艺复兴时期欧洲文学》和《二十世纪欧洲小说》，因为找不到现成的读本和参考书，他还亲自编写了整套的讲义。

勤勤恳恳，专心治学，却有些“两耳不闻窗外事，一心只读中西书”，这便是钱钟书在联大的一整年时光。

大家印象中的他，戴着黑边眼镜，西装革履，有时是浅咖啡色，有时是藏青色，从来都显得严谨而绅士，他的脸上总挂着微笑，看上去轻松愉快。

只有当远离众人时，他内心的苦闷才会被彻底释放出来，因为思念，他给杨绛写了很多信，还有详细的日记。

从来酒后惟浅醉，心有惆怅便是诗。除了写信，钱钟书还写了很多诗，描绘他的生活环境，比如：“屋小檐深昼不明，板床支凳兀难平。萧然四壁尘埃绣，百遍思想君绕室行。”

凄冷寂寞的一个人总忍不住回忆曾经的温馨，钱钟书怀念着牛津的生活，那时候的他们相依相伴，形影不离，读书、喝茶，总是相对而坐，相看不厌。

思念的心业已寄出，而回信却总是遥遥无期，钱钟书盼着杨绛的回信，总是等得很苦，很悲伤。于是便有了“一日”这首小诗：

一日不得书，忽忽若有亡；二日不得书，绕室走惶惶。
百端自譬慰，三日书可望；生嗔情咄咄，无书连三日。
四日书倘来，当风烧拉杂；摧烧扬其灰，四日书当来。

于是便有了律诗《此日忽不乐》：

昼长悄悄夜何如，赠影酬形强自娱。
恨故难量千斛过，言还不尽一书无。
香能引绪烟飘篆，蜡亦煎心泪滴珠。
剩有微波托词赋，最怜鸿断与鱼枯。

字字句句写的不过是同样的心情，同样的悲伤，同样的哀愁，同一句话：

"我等了很久，你总不给我写信……"

炽热的夏

人们会因为一朵明艳的花开忘记一份悲伤，也会因为一份快乐，听到凄清秋雨的欢唱。于是，苦难会让冬季变得更加酷寒，喜悦能让炎夏变得更加炽热。

分离的痛苦在相思，若无相思，不懂无眠，若合眼便天明，又怎能明白拂晓的清冷与寂寞？

越是单纯的人，情绪越赤诚、越热烈，宛若江河滔天，连潮翻涌。钱钟书的信便带着这样的似海深情，又像被狂风搅动的海面，没有一刻安宁。

收到钱钟书的信，杨绛并非不感动，钱钟书的思念，何尝不是她内心的写照？感受着相似的情绪，她既感欣慰，又觉心酸，可是，和只需要照顾自己的钱钟书不同，杨绛面对的是一大家人，还有一大摊事。

为了重开振华而奔忙，杨绛甚至没有太多的时间和精力照料圆圆。1938 年的冬天，圆圆出疹子，到了春天又得痢疾，因为父亲和大姐都没有带孩子的经验，杨绛只能抽出时间自己多加照料。

在现实生活的重压下，诗情倦怠，温柔浅睡，杨绛甚至没有闲暇认真回复钱钟书的信。钱钟书并非糊涂，知妻如此，他能想象到杨绛辛苦忙碌的处境，但想念从不会因为理智的清醒逊色半分、稍作退让，更多的时候，它们会火上浇油般愈发猛烈地对抗、折磨着人们的理智。

那不尽的思念渗透到身体的每个角落，随着每一次的呼吸、每一秒的脉搏，流淌在全身，他几乎是大声疾呼，说自己“万念如虫竞蚀心，一身如影欲依形”。

高原的天空总是晴朗湛蓝，仿佛故都的秋，明亮里透着无边的静谧，但思念的心，却永远也无法安宁，直到得以相见的那天终于到来。

1939 年夏天，期终考试结束，钱钟书便发电报给杨绛，说他将要返沪探亲。“预想迎门笑破颜，不辞触热为君还”，他期待的心情、即将重逢的喜悦化作欢喜的诗句，将那个炎热的夏天燃烧得更加炽烈。

暑假刚刚开始，钱钟书便踏上归程，而他的心，早已飞回“孤岛”，回到了杨绛和圆圆身边，从出发的那一秒开始，每一步都是欢喜。

得知女婿将要回来度假，杨荫杭让杨绛的大姐和小妹暂时搬到他的房间来睡，将另一个房间整个腾出来，方便钱钟书来住。

久别重逢胜过初见之欢，这个暑假是钱钟书与杨绛难得的好时光。钱钟书离开学校，无事一身轻，振华女校分校的筹建工作基本完成，杨绛虽然忙，却也能松一口气，忙里偷闲地享受团聚的难得欢喜。

一家人里，最开心的要数圆圆。她两岁多，活泼可爱，能说会道，虽然在外公家大家都疼她，却没人陪她玩，当钱钟书这个“大顽童”出现后，两人一起淘气，没大没小，“牛马随呼唤”“儿戏浑忘倦”，圆圆开心得不行，钱钟书也欢喜，那些和女儿一起玩耍的欢景，全被他记在诗歌中，便是给女儿最好的成长礼物。

1939 年的夏天，钱钟书与杨绛的生活因为欢乐，所以炽热，也因为夏的炽热，不经意间灼伤了生活的步履。

强召入湘

人与人之间维系情感的，是血缘，是性情，还是共同的爱好、相近的三观？也许世间事总是无法分辨与定义，就像潺潺流水，人与人的牵绊，纵然看似软弱不定，却也无法被刀剑斩断，不会为山石阻断。

就像钱钟书与杨绛，谁也说不清钱钟书是因为遇见杨绛才与岳父杨荫杭谈得来，还是因为他原本与杨荫杭这样品性的人性格相投，才会在人群中毫不犹豫地选择杨绛。

回到上海的钱钟书与岳父相谈甚欢，他们都爱诗文，引经据典，而杨绛忙于振华分校的开学事项，也很少听他们谈什么，只知道他们笑声很多，兴致也高。

虽然与岳父住在一起，钱钟书还是每天早上去拉菲德路钱家，向长辈们请安，杨绛则去忙自己的事。

当暑假过半，突然有一天，钱钟书回来时愁容满面，原来他的父亲从湖南来信，称自己年纪大了，身体也不好，很想念儿子，要钱钟书去蓝田侍奉自己，正好出任国立师范学院英文系主任，等到年后父子两人再一同返回上海。

要“笨手拙脚”的钱钟书去“侍奉”，当然只是借口，真正的原因是蓝田国立师院聘不到合格的教师，老夫子打算强招钱钟书前往就任。

杨绛认为，钱钟书能得到清华的破格任用非常不容易，而且，清华对受聘的教授辞职或是另寻他就非常反感，此时正当国难，校长在动员时也动员教师们坚持到抗战胜利一起返回北平，如果此时离开，很可能以后想回也回不去了。

因为这件事过于重大，杨绛便去向父亲征询意见，杨荫杭明知这是个荒唐的决定，却默不作声，人也很漠然。父亲不便说的，杨绛懂得，钱钟书的去留要由他自己抉择，她可以阐述自己的理由，但不能干预，尤其是这种反抗父母意愿的行为。

此时的钱家，气氛沉重而压抑，是沉默，沉默到让人有口难言，只觉窒息。钱基博老夫子的朋友，国立蓝田师院的廖世承院长甚至亲自到上海招聘教师，反复劝说钱钟书。

面对多方压力，钱钟书迫于无奈，终于提笔写信，向西南联大外文系主任叶公超正式请求辞职。到此，钱钟书的暑假便提前结束了，接下来的日子里，他按照父亲信上的吩咐，在上海当地找人、办事，提前开始办公。

1939 年 9 月中，叶公超便收到了钱钟书的辞职信，钱钟书原本希望叶公超先生能回复信件或电报进行挽留，如果辞职不被批准，那么他就可以顺理成章地拒绝前往蓝田。

可是直到动身前夕，能从困境中解救出钱钟书的回信依旧没有收到。即便他不愿去，杨绛也并不赞成，此时却是非走不可了。

梦里家园

明知不可，犹是为之，是勇敢，也是无奈。

眼看行期就在眼前，杨绛为钱钟书整理必备的衣物，算一下日期，钱钟书的生日要在路上度过了，行旅漫长，烽烟跋涉，想吃长寿面是不可能了。

于是杨绛与钱钟书约好，生日当天，杨绛在家为他吃碗面，遥祝平安。临走前，钱钟书在来德坊吃了送行饭，算是拜别岳父。

1939 年 9 月末，正值中秋，钱钟书与杨绛一同度过，想到分别在即，钱钟书不禁发出“借谁亭馆相携赏，胜我舟车独对看”的感叹。

10 月中旬，钱钟书和众人一起离开上海，启程入湘。

不料钱钟书刚走，杨绛便收到清华秘书长，同时也是她的堂姐夫沈履的电报，责问钱钟书为什么不回复梅校长的电报。杨绛联系不上钱钟书，只能将电报转寄蓝田师院，同时复电清华，解释说没有收到校长电报。

钱钟书一行人前往蓝田的过程非常不顺利，他们先从上海乘船到宁波，再交替乘坐汽船和人力车，偶尔还需要步行的方式到溪口，中途换乘汽车、火车到达浙江金华、福建鹰潭，又经江西越过湘赣交界，进入湖南，几经辗转，最后乘轿子抵达位于安化县的蓝田镇。

因为走走停停，周转复杂，车票难求，车辆老旧，有时候等车花费的时间比乘车还要长，频繁的滞留耗尽了旅费，众人只能忍饥挨饿，等待新的汇款，一路上过荒村宿野店，与虫为伴，异常狼狈。

这段经历原本就苦难颠沛，再加上钱钟书自己心不甘情不愿，更觉困苦不堪。路上足足用了 34 天，到达蓝田后，钱钟书“皮骨仅存，心神交瘁”，不等侍奉父亲，自己便病倒了。

收到杨绛的信和转寄电报，钱钟书写信给沈秘书长和梅校长，解释未收到校长电报，而此次请辞，完全是因为父老而多病，实属无奈隐情。

可是，那封足以改变钱钟书命运的校长电报，却如石沉大海，雨落深潭，始终没有下落，甚至档案馆中也没有存底和无相关的记载。

和消失的电报相比，钱钟书更难忍受的是分离，他的诗饱蘸着思念，走到哪里，写到哪里，写完便寄给杨绛。杨绛最喜欢的，是他在溪口写下的《游雪窦山》，山山水水，仿佛全都染上了情绪："田水颇胜师，寺梅若可妻。新月似小女，一弯向人低。平生寡师法，酷哉此别离！"

若是尝过那滋味，便会懂得，离别并不是很凄美。钱钟书寄回的诗句，读来感动，却也难过。白日里，漫天的思念如灾，到夜晚，又因为疲倦而浅浅成眠，他一次次梦见女儿，梦见他们小小的家和浓浓的欢喜。那些曾经灿烂了整个夏天的欢声笑语，如今只能在记忆的田野里开出梦的花朵。

从此只有死别，再无生离

枯守蓝田

和喜欢的人在一起，看见什么，都是风景，独自一人在路上，走到哪里，都是异乡。

与早已沦为“孤岛”的上海相比，藏在湖南省西部的蓝田镇则非常安全，这里交通不便，也并非战略上的必争之地，当战火烧遍了大半个中国，这个群山环绕的小镇，依旧闭塞安宁。

蓝田国立师院是从1938年7月开始筹办的，钱钟书来到这里时，学院已经开设了包括中文、英文以及史、地、数、理、化等七个系。无论是学校规模、教师阵容、课程设置，还是学校设施和学生素质，都无法与西南联大相比。

这里的生活“尚好，只是冗闲”，学生对先进的外国文学不甚了解，鲜有能在学术上志趣相合的同道，偶尔的聚会也因为话不投机，显得索然无味。

他总能想起西南联大的时光，记忆里春城的蓝天，热烈的争论，激昂的课堂，奋进的学生，还有来自中山大学、同济大学以及北平图书馆、中国营造学社等高校和科研机构的朋友们。

可是如今的钱钟书已经离开昆明，离开了那个在特殊时期一跃成为大后方的文化教育中心，远离了怀着共同梦想和信念，紧紧连结在一起的朋友们，枯守蓝田，以笔砚书本为伴。每到教学结束，钱钟书便将自己关进屋里，足不出户，埋头读书。

有爱好的人，生活总不会过得太无聊。寂静中的思想最是活跃，除了读书，钱钟书还专注于写作。在蓝田，他开始动笔创作《谈艺录》，又写下《窗》《论快乐》《吃饭》《读伊索寓言》《谈教训》等五篇散文。

蓝田镇上能买到的纸，粗糙而带着毛边，钱钟书就是用这样的纸张，每晚写一章《谈艺录》，两三天之后再进行修改和增补，每次的改动都很大，常常是夹缝中也全都写满了字。

懒惰的人在困顿中怨天尤人，勤奋的人却能在逆境中追求更多价值。蓝田沉闷寡欢的生活，被钱钟书写在律诗《笔砚》中。

昔游睡起理残梦，春事阴成表晚花。
忧患偏均安得外，欢娱分减已为奢。
宾筵落落冰投炭，讲肆悠悠饭煮沙。
笔砚犹堪驱使在，姑容涂抹答年华。

炽热的炭火落入冰中，谈兴全无，只觉自己仿若异类，学生良莠，米饭混沙，精心而就，品味起来却一言难尽。娇妻爱女皆在远方，能相伴解忧的只有笔墨纸砚，若再不认真利用，又何以报答流逝的年华。

纵然所思在远道，远道阻且长，也不该终日哀叹，醒时分秒睡时梦，一切皆是生命的馈赠，岂能被轻易浪费？

当时光去而不返，令人悲伤的，永远不是曾经遥远的距离，而是因遥远的距离放弃了努力生活，努力奋斗，努力成为更好的自己。

归途无计

向来天不遂人愿，计划没有变化快，因为计划的制定者是我们自己，它是我们最期望的样子，而那些猝不及防的变化，总来自他人。

杨绛善良隐忍，钱钟书单纯直率，但他们都不傻。钱基博老夫子要钱钟书到蓝田就任时，许诺 1940 年暑假一同返回上海，可是，真的能如愿吗？夫妻两人都不能确信，却又都选择缄默不语。

钱钟书前往蓝田后，对他非常赏识的吴宓几番努力，希望清华外文系能重新聘用钱钟书，但在 1939 年 11 月写给秘书长沈履的信中，钱钟书也提到对未来身不由己的担忧："不知一年后可还我自由否？"

果然，到了 1940 年暑假，老夫子不愿回上海，钱钟书便与徐燕谋结伴，离开蓝田返回上海探亲。

对于父亲的反悔，钱钟书早有察觉，1940 年初，他便打算在一年期满的暑假回上海，无论父亲是否愿意一同离开。

那一年，杨绛的小弟即将从维也纳医科大学毕业回国，也要住在来德坊，考虑到两家人口众多，挤居不下，杨绛便就近租了一间房，带着圆圆同住，等钱钟书回来，便可重回三人生活的小时光。

归途漫长，不惧险阻。可是，战争不懂怜悯为何物，湘赣境内炮火不断，艰难险阻比来时更甚，钱钟书走到一半便再无法前行，只能返回蓝田……

这是一场最勇敢的出逃，因为若钱钟书能抵达上海，便不会再返回蓝田，这也是一次最惨痛的失败，因为通往新生活的大门，就在眼前轰然关闭。

这次无功而返的旅行给钱钟书留下极深的印象，他说“地似麻披攒石皱，路如香篆向天弯”，本想越过万山，却是“只看日近家何远，岂料居难出更艰”。

比失望更难过的，是满心盼望之后的失望。

原本是为了等钱钟书回来团聚，却只等来他无奈折返的消息，于是，她果断地退掉已经办妥租赁手续的房子，重新搬回父亲家。

无法相聚是遗憾，却也无法抱怨，彼此理解的两个人无需多言，便知道对方心里的苦。那些爱抱怨的人，不过是将自己的痛苦化作一把把的盐，洒在对方的伤口上，若无疼惜，便无隐忍。

对杨绛来说，她还有慈爱的父亲和亲密的姐妹，还有最可爱的圆圆相伴，而钱钟书，除了严肃的老父，便只有与残月山风为友，家的温暖，妻的温柔，还有女儿的可爱，只能在信中字字句句地寻觅。

自学成才

儿女永远都是父母的一面镜子，投射出他们的习惯，无论是优点，还是缺点。因为无条件地爱着自己的父母，儿女们总在模仿着父母的举止言行，因为爱着，所以希望自己也能成为他们的样子。

钱钟书在蓝田的日子里，圆圆一直和杨绛一起生活，但杨绛为了振华分校，忙得顾不上她。学校筹建初期，还有王季玉老校长指导，后来见杨绛已经能独当一面，王季玉便将教学经费的存折和印章交给她，自己回东山去了。

开课后半年时间，分校已经办得有条不紊，有声有色。杨绛一身数职，她是校长，是高中三年级的英文课老师，同时还在校外兼任家庭教师，陪伴圆圆的时间少之又少。

偏偏圆圆特别喜欢妈妈，见到她回家高兴得不得了，总想找她玩，而这时，杨绛总在忙着批改作业和课卷。

这时，圆圆总会乖乖走开，却又忍不住生那些课卷的气，她有时会握紧小拳头，作势去敲打那些课卷，她讨厌它们，因为课卷抢走了她最爱的妈妈。

看着圆圆眼角的眼泪，杨绛的心里也很难过，可她实在无暇陪圆圆玩耍，生命中的有所得，似乎总要伴随着有所失的遗憾一起到来，才算完整和深刻。

也许是因为出生在异乡，又从小跟随父母飘荡，圆圆乖而懂事，小小的人竟也懂得克制自己。患过痢疾的她肠胃不是很好，大而多汁的枇杷、热腾腾的广东肉粽，她只能看看样子、闻闻香气，有时就算忍不住掉了眼泪，也从不会吵闹。几乎不符合她年纪的懂事，让人看了反而更觉心疼。

圆圆识字是跟着杨绛三姨妈家的外孙女阿寿偷学的，一张小桌，两把小椅，面对面坐着，年长两岁的小表姐读书，圆圆认真旁听。《看图识字》上下册读完，刚刚两岁半的圆圆便全记住了。

于是，杨绛也为圆圆买了一套《看图识字》，圆圆从头到尾全部读下来，书却是倒着拿的，因为她认字时看到的字就是倒着的。可是学习这件事，从来是有米才得炊，杨绛的大姐很快买来一匣方块字教圆圆，圆圆学得快，记得又牢，甚至在其他书里看到时，也一样认识。

除了父亲不在身边，母亲总是忙碌，圆圆在来德坊的生活还算幸福，很有些杨绛小时候做“独养女儿”的模样。圆圆聪明，记性很好，很得外公喜爱，就连午睡时，圆圆也能睡在外公脚头，枕的是外婆之前专门缝制的小耳枕，万分“殊荣”。

忙碌的日子总是艰难，但也过得很快。转眼，振华分校开学半年，杨绛认为已经到了约定期限，于是向王季玉写信辞职。收到辞职信，老校长又一次赶到上海，不肯同意杨绛的要求，要她至少做一年，杨绛骑虎难下，又实在不知该如何强行拒绝，只得答应再坚持半年。

曾经三个人的家，如今隔着战火，终难团圆，但令人欣慰的是，他们的孩子终于慢慢长大，成长得像父母一样喜读书，又好学。当这些温馨的细节被杨绛写成一封封书信，对钱钟书娓娓道来时，是欢欣，是慰藉，同样，也是艰难生活中最大的希望，最明亮的阳光。

夜灯诗话

一场离别，如果是为了更加美好、更加光明的前途，那离别的苦，便不会如此灼人心肺，因为每个人都明白，分别，只是为了在未来更好地重聚。

就像读书时的离别，他们同样思念着彼此，同样因为思念感到寂寞，但他们同时也清楚深切地知道，在远方，有人和自己一起，为了他们的将来努力奋斗着，于是身边的一切都显得生机盎然，满怀希望。

而从上海到蓝田的离别，却总觉暮气沉沉，心情就这样毫不留情地影响着钱钟书眼中的物、耳旁的声，以及环绕在身边的全部。

收到家信是钱钟书最快乐的时刻，信里有杨绛在上海的生活，有圆圆的进步，一切都那么真实有趣，仿佛就发生在眼前一样。

信中，三岁的圆圆发挥想象力，指着“朋”字对杨绛说，那是两个“月”字关系好，所以挨在一起。钱钟书得知后异常欣喜，七言绝句转眼即成，“颖悟如娘创似翁，正来朋字竟能通”，他不止为女儿的聪明感到骄傲，更喜悦的是，他们的女儿像他，也像杨绛。

1940 年 10 月，杨绛随信寄来圆圆与两个表姐、两个表弟的合照，钱钟书看后，提笔便在照片背面写道:“五个老小，我个顶好。”

是喜爱，是骄傲，更是深入骨肉的想念，一眼看去，阿圆是最好的，因为，她是父亲最想见的那一个。

钱钟书跟随父亲在蓝田的日子里，每日午后和晚饭之后会到父亲的房间坐坐，聊聊天，或是为父亲炖鸡汤，这便是他的“侍奉”。

不过，钱基博老夫子更希望钱钟书“养志”，而非“口体之养”，可惜的是，这一对父子的志总有差异，想要达到完全的认同和理解，几乎是不可能的事。钱钟书心中那些无法言说的委屈和苦闷只能付诸笔端，寄托鸿雁，飞渡烽火，说给杨绛听。

忧愁总似江水悠悠，语言诉不尽，路远意难平，那些情绪，如连雨过后泛滥的河川，漫过堤岸，肆意流淌在无边的原野上。钱钟书认真地将愁绪收起，认真地写进诗里，一首首，一句句，凝练而沉重，深远又惆怅。

那些写给你的诗，若是时过境迁，始展眉头，是否还会记得当时的心境？

它们是《遣愁》中的“归计万千都作罢，只有归心不羁马。青天大道出偏难，日夜长江思不舍”；

是《晚步》中的“出门有碍将奚适，落日无涯尽是愁。百计不如归去好，累人暝色倚高楼”；

是《中秋夜作》中的“往年此夕共杯盘，轻别无端约屡寒。倘得乘风归去便，穷山冷月让人看”“今夜鄜州同独对，一轮月作两轮看”；

更是春雨绵绵相思浓的上元前夕的《上元寄绛》。

上元去岁诗相祝，此夕清辉赏不孤。
今日仍看归计左，连宵饱听雨声粗。
似知独客难双照，故得天怜并月无。
造化宁关儿女事，强言人厄比髯苏。

点点诗意，哀哀离愁，当师生宿舍的灯光全部暗去，群山环绕间，只有钱钟书房间里小小的油灯还亮着，映着天上的星光，伴着云间的孤月。夜读与写作，排遣失眠的时光，拨开思念的乱麻，那些动人的诗句，在寂静无声的夜晚，流泻纸上，落笔入心，情透纸背。

我回来了

在他乡的岁月，因为无眠，总教人感到空虚漫长，当我们终于与日思夜想的人相见，却又觉得日子充实幸福得近乎不真实。

1940年的秋冬，钱钟书的心情颇见好转，因为他收到了吴宓的来信，说清华决定在新的一年里重聘他为外文系教授。盼过了1941年的第一个学期，钱钟书便匆匆辞职，动身返回上海。

这一次，他选择了更为昂贵的海路，虽然比内陆穿行的路程更加遥远，花费的时间更加漫长，但能顺利抵达，才是最重要的事。

上海，这座生活着爱妻爱女的城市，这座在痛苦无奈中挥别，又在悲伤寂寞的夜晚无数次梦回的城市，历经艰难险阻，如今，他回来了。

钱家在拉菲德路的房子，为钱钟书父母腾出的二楼房间和亭子间都住满了人，一年前租下的房子早已有人入住，到处都找不到空房，杨绛没有办法，只能在钱家楼下的客堂简单地搭一张床，带着圆圆一起，终于盼到钱钟书回来。

此时的圆圆，却有些不太认得自己的父亲了。

那个在她还不会说话，无法安慰母亲时，一起在甲板上为他送行，看着他坐上小渡船、离开邮轮、渐渐远去的父亲，那个突然出现在她无聊的生活中，陪着她玩耍嬉戏、疯玩大闹的无忧无虑的父亲，是眼前这个人吗？

两年艰苦的乡居生活使钱钟书变得黝黑，因为长期熬夜，又经过长途旅行，他脸色泛黄，胡子拉碴，身上穿着蓝田土织布做成的大褂，再看不到曾经西装革履、风度翩翩的模样。

圆圆像对待陌生人一样，好奇地注视着钱钟书，看着他将行李放在她们母女的床边，颇为警惕。最终，小小的她发话了："这是我的妈妈，你的妈妈在那边。"

说着，圆圆指指自己的奶奶，准备赶走钱钟书。见了女儿，钱钟书早已不知生气为何物，只是颇为窝囊地笑着问她："到底是我先认识你妈妈，还是你先认识？"

圆圆答得理直气壮："当然是我先认识，我生下来就认识，你是长大了才认识的。"

最后，钱钟书悄悄俯在圆圆耳边，只说了一句话，就让小小的女儿态度大变，友好起来。没人知道，孩子气的钱钟书到底对女儿说了什么，这大概是两个孩子之间的秘密，也只有内心住着孩子的人才能真正参透。

再无生离

年少时，我们总以为世间分别，最痛是死别，惟有英雄化骨、红颜魂断才是凄美悲怆，才足已让苍天惊，教地鬼泣。

后来的我们，在命运翻覆间，看尽别离，终于明白生别离才是人间最痛，因为那是两个人的伤、两个人的痛、两个人的伶仃和守望、两个人的隐忍与体谅。

回到上海的钱钟书几乎是争分夺秒地体味着久违的温暖与欢乐。

他们一家三口住在楼下的客堂里，这里原本每天搭铺歇息的两名女佣已经搬到三楼的走道去住，钱钟书的叔叔将客堂里靠窗的沙发和茶几挪开，铺了一张床，挂上幔布，就成了他们的小家。

白天里，客堂依旧会客，并作为叔叔的英语讲堂使用，到了晚上，清净无人，幔子也可以揭开，另外多搭出一张小床铺，免得挤在一起闷热。

虽然仍是战时，但对于钱钟书来说，这个暑假是轻松愉快的，他准备暑假一结束就前往昆明，重回西南联大，身在联大的师友们也得到消息，纷纷写信告诉他，决定聘他任教已经是学校和外文系都已经认定的事，想念和欢迎的心情从信中涌出，像洒落一地的阳光。

前往昆明，意味着要再一次忍受别离之苦，而胜利之日遥遥，艰苦的岁月还在延续，即便如此，钱钟书依旧觉得称心，哪怕再次被独身一人的愁苦包围，他无论如何也舍不得放弃这次机会。

可是，就像两年前迟迟未到的辞职回复一样，1941 年的聘书也迟迟不肯出现，纵然钱钟书翘首以待，即使按照惯例，由系主任或委托人送交的聘书应该在 7 月初之前发放完毕，而外文系其他教授也的确在7月初纷纷收到了聘书，但钱钟书的那一份，却毫无动静。

此时的杨绛已经不再做家庭教师，而是在工部局北区的半日制小学担任代课教员，而钱钟书素来执拗，等不到聘书，也不肯再谋其他工作，他始终在等待西南联大的召唤。

1941年10月下旬，联大已经开学三周，利用暑期回家度假的外文系主任陈福田才来到上海，邀请钱钟书前往联大任教。

钱钟书虽然很想回到清华外文系，但他心里清楚，这迟到的邀请绝非偶然的无心疏漏，自己是不被欢迎的人，于是他很客气地推辞了这次邀请，而陈福田顺水推舟，也没有坚持和挽留。

1941年的暑假就这样过早地结束了，钱钟书终是没能回到清华外文系。迟来的邀请，丢失的电报，一桩桩一件件，仿佛是命运的捉弄，但却有多少是世态的叵测，他已无从知晓，也不必深究。

西南联大的门关上了，留给钱钟书的是留在上海的自由，至此，他和杨绛、圆圆的小家，终于团聚了，战争中的艰难岁月，他们可以同甘同苦共患难，相扶相伴相偎依，无论好的、坏的，都一起度过，远胜别离，天各一方。

想起曾经的种种，钱钟书对杨绛郑重发愿，“从今以后，咱们只有死别，不再生离”。

愿从此，事无大患，人无长忧，纵然岁月不曾静好，我们的家也依旧安稳，除了永恒的死亡，再没有什么能将我们分开，愿余生所有的岁月，我们结伴同游。

编剧杨绛的丈夫

蛰居上海

并不是每个人都有机会为战争流血牺牲，但每个经历过战争年代的人，都懂得那份艰难与无奈。

婉拒了回西南联大执教的机会，又不愿再去蓝田师院工作，回到上海的钱钟书，虽然有妻女相伴，却成了名副其实的失业者。

他试着向曾经在清华读书时的学长兼好友陈麟瑞求助，陈麟瑞当时担任暨南大学英文系主任，提出钱钟书可以顶替孙大雨的位置。钱钟书并不认识孙大雨，但在当年的上海，失业就意味着全家都要挨饿，夺人生计，几乎等于夺人性命，钱钟书说什么也不肯。

从1940年初开始，杨绛便在北区小学教书，每天上班都要搭乘电车，再步行换乘电车，跨越租界，耗费一个多小时。虽然只上一个下午的课，但薪水不低，每月还补贴三斗白米，比日本人配给的掺了沙子的碎米和混着麸皮杂质的黑面粉好得多。

家庭的开支，只依靠杨绛一个人的收入无法维持，钱钟书急于谋得一份工作。杨荫杭此时正在震旦女子文理学院教授《诗经》课程，每周两个小时课时，他将这份工作让给了自己的女婿，女校的负责人很喜欢文学，见到钱钟书之后，还为他增加了课时。

即便如此，这份收入依旧不够维持生计。不久，钱钟书收了一名家境富裕的拜门学生周节之，除了学费，这位学生知道钱钟书爱读书，总请他帮忙代买书，自己却不读，专为钱钟书借阅之用。

于是，钱钟书有了巨大的精神享受，他不是很在意饮食起居上的简陋，可以买书读书，才是最快意的喜事，那些书上都被写了“借痴斋藏书”，还盖上“借痴斋”的印章。

当时，钱钟书的二弟、三弟两家分别搬到武昌、无锡，只有三弟时常回来居住，小妹去了蓝田陪伴父亲，原本拥挤不堪的一大家人，最后只剩下钱钟书、杨绛和圆圆陪着钱钟书的母亲一起住。

一家三口在亭子间，一住便是8年。这间屋子很小，一张大床，一个柜子，一张小桌，却是完全独立的空间。

从此，钱钟书与杨绛有了读书写作的地方，有了谈心交流的空间，也有了与朋友相聚的小斋。在这里，钱钟书完成了《谈艺录》的后半部分，杨绛完成了自己“为稻梁谋”却大获成功的几部剧本。

外面，是被战争之潮分割包围的孤岛，家里，是隔绝了纷乱和变迁的蛰居，但蛰居并不阴暗悲哀，因为每一段蛰伏，都是为了在更温暖的春日里苏醒，与最爱的人在一起，与最喜爱的家人在一起，便是幸福的稳居。

人的底线

如果有些人，他们看上去总是从容不迫、文质彬彬，待人总是礼貌，遇事总显豁达，这并不代表他们一定拥有这些高尚的品德，也可能是因为他们拥有优越的生存环境，让他们能保持这样高尚的形象。

战争，生死，苦难，挫折，才能真正检验一个人的品德，所以，战争中，总会有人英勇牺牲，也总有另一些人选择叛变。

虽然住在钱家，杨绛几乎每天都要去父亲那里看看，三姐和七妹也时常回来。1940 年的秋冬，在小弟回国不久后，他们一家人便返回苏州，安葬了母亲，同时还葬下了在苏州被日寇杀害的杨绛的三姑母杨荫榆，也算了却了一桩压在心头的大事。

抗战时期的生活非常艰难，面对日寇和汪伪政府的利诱，不断有人被“拖下水”。杨家平日里是不谈论国事政治的，但杨荫杭的态度和底线却很明确，他总说：“女子夫死再嫁，至少也该等夫死之后，怎么丈夫还活着就嫁人了。”

钱钟书和杨绛也是同样的想法，“长夜漫漫何时旦”，高压和管制之下，他们依旧没有丝毫退让，钱钟书体质羸弱，贫病之下日子过得很艰难，面对巧舌如簧的说客，却总能不卑不亢地让对方“拂袖而去”。

杨绛的性格则更直率一些，1941 年底，珍珠港事变后，日军进驻上海租界，虽然还没有接管学校，但杨绛去上课的路上，电车驶过黄浦江大桥时，需要停车，日本兵上车检查，所有乘客必须起立。

一次，杨绛因为起立时稍微迟了一下，日本兵注意到她，发现低着头，便走过来用食指将她的下巴猛地抬起。杨绛一下子愤怒了，她一字一字大喝道：“岂有此理！”

车上顿时静下来，日本兵怒目而视，杨绛也以愤怒的眼神回敬，就这样相持了一会儿，日本兵转身下车，走的时候几次回头看杨绛，杨绛半是愤怒半是紧张，一直保持着原来的姿势不变。

等电车再次开动，车上乘客才松了口气，缓过神来，杨绛也半晌没作声，侥幸自己没有闯下大祸。接下来的一个多星期，她都换了路线，绕远去学校，直到知道检查的日本兵每天轮换，才又恢复原来的路线。

不过，被检查的日子也没有坚持多久，很快，工部局北区小学被日本人接管，杨绛不肯为日本侵略者工作，在1943年的秋天，辞掉了教员的工作。

可是，坚持底线就意味着要放弃更多东西，在逐步被日本人接管的上海，拒绝为日本、为汪伪政府做事，几乎就很难再找到可以维持生计的手段。

“我们仨”的日子，转眼变得艰难起来。

《称心如意》

越是艰难的时刻，越需要来自外界的温暖和支持，也许没有雪中送炭，但多一个人相伴烤火，也是一种满足的分享。

在上海，与钱钟书和杨绛来往最多的，是清华的老学长陈麟瑞和他的太太柳无非，他们两家住得很近，不过5分钟路程。

陈麟瑞很喜欢率直的钱钟书，更欣赏他的才气，当他第一次到家里做客看到杨绛，直说：“我现在明白了，钟书为什么总这样高兴快活，原来他有这样一个wife。”这大约是一位异性前辈对弟媳最高也是最恰到好处的赞扬了。

在陈麟瑞那里，杨绛借到很多关于戏剧史和戏剧技术的书。1942冬，陈麟瑞邀请钱钟书、杨绛和李健吾去吃烤羊肉。围坐在火盆周围，他们想象自己是戏剧中的蒙古王子、王爷，陈麟瑞和李健吾都会写剧本，尤其偏爱戏剧，聊到兴起，两人怂恿杨绛试着写写。

热爱文字的人总会不由自主地回应它的召唤，无论多么艰难的岁月，想要表达的心从不会沉睡，外面的世界越是艰难，深藏于内的灵感便越是敏锐，仿佛整个世界都在眼前铺开。

杨绛被说得心动，利用半日制学校任教的空闲，很快编出一个故事向陈麟瑞请教。陈麟瑞看过后说，她的故事做独幕剧太长，做多幕剧又因内容不足而过短，需要改写。

试水失利，而且一开始并没有许诺什么好处，换作其他人，也许就此停下去寻别的出路，但杨绛不甘心就此放弃，她开动脑筋，将原来的稿子改为四幕剧，取名《称心如意》。

剧本讲述一个父母双亡的女孩投奔四位舅舅，却因为舅舅们各自家庭的原因被踢来转去，最终被转到富有又无后的舅公家，深得老人喜爱，被收作孙女立为继承人，还与舅公老友的孙子相爱，好事成双，称心如意。

这一次，剧本得到陈麟瑞的认可，并送到李健吾手里，没几天时间，杨绛便接到了李健吾的电话。

“你真运气，你的剧本被黄佐临看中了，马上排演，就要出广告了，你用什么名字？”

惊喜来得太过突然，杨绛毫无准备，又怕自己缺乏经验出了丑，所以不敢用“杨季康”的本名，想到以前姐妹们总爱连读她的名字，“季康”被连读成“绛”，于是她答：“就叫杨绛吧！”

《称心如意》的演出大获成功，这背后少不了著名导演的娴熟经验、著名演员的精湛演技，但人们仍然盛赞了剧作者杨绛，说她有缄默的智慧，有清静优美的女性敏感，而在战时悲剧如潮的戏剧清单中，《称心如意》也成为剧评家口中“近年来少见的好喜剧”。

世事总无常，没能读完清华研究生课程、没能入读牛津取得学位的杨季康，突然因为戏剧，以“杨绛”这个新的名字火了起来。

即便是战争年代，人们也同样需要娱乐，因为有些娱乐能让人暂时忘记满目的疮痍、满身的疲倦。《称心如意》剧如其名，恰恰道出了那个年代每个人心中的愿望，惟愿一切苦难都会过去，惟愿来日方长，称心如意。

灶下贤婢

没有人的努力会白费，之前汲取的、积累的，总会在某件事、某个时间爆发，刀锋打磨的艰辛，终将会在出鞘时被人察觉。

但是，与太优秀的人为伍，有时也是一种麻烦。编剧杨绛走红之后，老校长王季玉问杨绛："是你公公帮你的吗？"而钱钟书甚至直接接到朋友的贺喜电话，祝贺他写的剧一夜成名。

对于这些，杨绛并不在意，因为创作本身就是一种享受，即便过程枯燥、焦灼，完成的那一刻，她已经体会到了精神上的满足，所以乐此不疲。

1943 年 10 月，杨绛又创作了五幕戏剧《弄真成假》。很快，1944 年夏天，她的三幕戏剧《游戏人间》也上映演出。1945 年夏天，四幕悲剧《风絮》写成，钱钟书原本对话剧并不感兴趣，这次却帮助杨绛想了剧名。经过排练，这部剧还没来得及上演，便迎来抗战胜利，杨绛的编剧生涯也到此收尾，重新开始教书。

在杨绛创作剧本的那几年里，她在剧作行业很受欢迎，有人在介绍钱钟书时，甚至将他称作“编剧杨绛的丈夫”，可是在家里，杨绛依旧安心做着贤妻良母，努力经营着属于她自己，属于她和钱钟书的生活。

抗战后期，生活已经相当艰难，常年战争，物资紧缺，杨绛辞去小学教员的工作后，再没有固定收入，她原本指望着剧本上演能多少补贴一些生活，但《称心如意》上演后，上演税只够请朋友吃顿小馆子，剧本出版，为家里换来一顿酱鸡酱肉，那时的圆圆已经是“三月不知肉味”，吃完肉还要找肉吃。

志趣相合的人，总会被对方的进步唤醒，因此想成为更好的自己，这样的两个人才会相携相伴，一起走向更好的未来。

看过杨绛的《弄真成假》，钱钟书也动了写作的念头，他想写一部长篇小说。但是当时钱钟书正在利用教书的间隙创作短篇小说，他很担心时间不够。

为了支持和鼓励钱钟书快些动笔，杨绛劝钱钟书减少授课时长，家庭开支再节俭一些便好。正巧他们雇的女佣打算回家，杨绛决定不再找女佣，自己担任灶下婢。

杨绛拜托叔叔家的女佣帮她上街买菜，其他的家事，如劈柴生火、做饭洗衣，全由她来料理。这些事，她在父母身边时没做过，嫁给钱钟书之后双双出国，也没做过，她每天不是被烟熏到流泪，就是被刀割伤或是被热油烫到。

因为营养不足，圆圆一直体弱多病，只能休学在家，杨绛除了支撑家里的正常生活，还要教她功课，创作自己的第四剧《风絮》。

钱钟书知道杨绛的辛苦，更明白这些她从未做过的事对她来说是多大的挑战和付出，他很想帮忙，于是总是关上卫生间的门，偷偷洗自己的衣服，却洗得一点也不干净，杨绛懂得他的苦心，总是再悄悄重新洗一次。

从教员到失业者，从著名剧作家到钱家灶下婢，这些都不足以让她畏惧，因为她的辛苦，有人懂得，因为她的付出，有人明白，一切便显得那么值得，仿佛本该如此。

他的爱与敬，何必一定举案齐眉；她的苦与累，不过一场心甘情愿。

我愿是你的第一个读者

围着的城

好的感情能让人共同成长，因为值得，所以每个人都愿意用更好自己来回应那个最好的对方，就在这样的相互欣赏中，一步步一次次，在相互陪伴中成为更好的彼此。

宛若踏入一座城，它的美好让我们想驻足停留，安度余生，想落地生根、开花结果，用最绚烂的颜色、最甜美的收获装点这座城。

这是一座被围的城堡，城外的人想冲进去，城里的人想逃出来，每个人都各怀心事……这是钱钟书笔下的《围城》，是很多人婚姻和感情的缩影，却恰恰不是他与杨绛的。

创作从来都只能从生活中汲取养料，却不能复刻任何一段生活，因为故事总会完结，一本书总会结尾，但生活不会，人生也不会。几句话能写完的人物的一生，现实中却是颠沛翻覆，个中滋味只有自己清楚的漫长旅程。

恰是因为钱钟书、杨绛和圆圆的故事还在继续上演，所以围着的城里没有他们，也没有其他人，却有着从相识至今所有人的影子，飘荡在每一页每一行的文字里，似曾相识，未曾相见。

杨绛是《围城》的第一个读者，钱钟书不单将小说的主要内容和构想都告诉她，每写完一章，便让她先睹为快，仿若连载一般。

钱钟书想象力丰富，笔调幽默风趣，每每读到精彩处，看到熟悉的典故或是故人的影子，杨绛总忍不住大乐，因为有趣，总是急切地盼望着下一章。

在黎明前最黑暗的时光里，创作的乐趣点燃了钱钟书与杨绛生活中的灯火，而杨绛的赞赏与期待也不断敦促着钱钟书，在越发艰难的处境中，坚持提笔创作下去。

《弄真成假》上演时，杨荫杭曾与杨绛姐妹一起去看。

之后不久，因为传言美军将轰炸上海，杨荫杭便带着杨绛的大姐、三姐一家搬回了苏州老家。

小妹妹阿必一直跟随在父亲身边，高中毕业后在上海读震旦女子文理学院，父亲便将照料阿必的任务交给了杨绛。

从此，来德坊的房子里少了一家人的欢笑，只有暑假时圆圆才能跟着杨绛的七妹妹一家回苏州探望外公。

艰难的岁月里，杨绛再无去处，她守着钱钟书，安安静静，做着钱家最有文化、见识最广却也最安分的媳妇。她和婆婆一起用煤末做煤饼，陪婶婶出门办事，按照叔叔的吩咐，打理包括缴纳房租、水电的一切对外事务。

没有人忘记杨绛是大家闺秀、是千金小姐，当初他们结婚时，叔叔便悄悄对钱钟书说过："新娘子好是好，太好一点，咱们养不家（养不住）的。"但就是这样的一个"娇小姐"，如今握着笔杆、挥着锅铲，包下所有的粗活。

当生活变得艰难困苦，娇气便成为一种模糊的印象，杨绛那并不强壮的身躯中爆发出的坚韧与乐观形成更为可靠的新的印记，让她赢得钱家上下的称赞，婶婶更是极喜爱她，说她是"上得厅堂，下得厨房，入水能游，出水能跳"，笑言钱钟书是“痴人有痴福”。

于是《围城》的背后，多了一个埋首奔忙、静默无言的身影。城里城外，皆是生活的温度，感情的真谛。

爸爸别走

无论多么亲密的人，也只是在我们的生命中来过，同行过，陪伴过，之后又离开了。犹如父母，宛若夫妻，没有人知道彼此能相伴多久，就像没有人知道意外和明天到底哪个会先到来。

1945 年的暮春时节，即便是战争中的上海，也有着雨声连绵、绿肥红瘦的景致。但是这个春天对于杨绛而言，注定是悲苦的。

3 月 26 日黄昏，杨绛接到弟弟电话，说大姐姐从苏州发来电报说父亲病了，要他尽快回苏州。杨绛马上通知住在学校的阿必，让她到钱家和自己住一夜，钱钟书则去自己母亲的房里挤住，姐弟三人决定第二天早上一起赶回苏州。

因为日军控制了铁路，火车票难求，杨绛姐弟三人清晨冒着雨来到长途汽车站，好不容易买到车票。

去苏州的大卡车里拥挤不堪，4条长椅便是座位，车顶的两片帆布之间的缝隙漏下雨来，飘进车里，除了人，车上还装着咸鱼和糖。

一路上，不断遇到被破坏的桥，只能全体下车，等司机和同伴用木条搭好，空车开过，再重新上车出发。

连续的颠簸也无法摇走杨绛姐弟心中的不安，父亲一直患有高血压，这一次一定是脑血管出了意外，但是，谁也不忍说，就连想一下都是满心的痛和焦急。

下午3点多，卡车开到太仓，离苏州已经不远，路却断了，河上不但没有桥，连桥架子都没有，这里雇不到黄包车，步行去苏州又太远，若是路上遇到土匪，更是身家性命难保。

前路无望，司机决定立即返回上海，杨绛三人只得同车折返。回去的路上天色渐暗，飞机在天上盘旋，土匪随时可能出现，卡车开得飞快，遇到桥直接冲过去，用了不到3个小时便回到了上海。

疲惫，惊惧，失望，担忧，所有的情绪混在一起，走了一天，杨绛带着妹妹又回到钱家，却发现大家都坐在客堂里，看向她们的神情严肃到让人不安。

钱钟书走过来牵住杨绛，将她带到厨房附近，那里灯火稍暗，妹妹阿必也跟了过来，钱钟书幽幽地说："刚才苏州来了电话，爸爸已经过去了。"

此后无话，只有痛哭。那一夜，姐妹两人躺在一起，泪落不止。

杨绛的七妹妹和妹夫孙令衔带着孩子乘船赶回苏州，为杨荫杭合棺入殓。孙令衔打来电话，指点杨绛找人买到了火车票，在钱钟书的陪伴下，杨绛和弟弟妹妹一起回到苏州。

庙堂巷的旧宅已经破败，棺木停放在大厅里，挂着遗像，原来的家具早已不见，只有一张小桌，杨绛像从前一样，为父亲泡了一碗茶，放在桌上。

她坐在门槛上，旧时光阴犹未散，老宅还在，茶也热着，父亲却睡在那棺木里，已经冰冷，甚至来不及让她见最后一面，就这样安静地去了。

想到这里，杨绛忍不住哭起来，从此，在这人世间，她成了无父无母的孩子，可是生活残忍，不懂怜悯人们的苦难和悲痛，也不会为任何人停摆，一切都还在继续，无论是战争、生活、家庭，还是杨绛的人生。

最难时节

有父母的家，永远是最温暖的家，当父母不在，家，就只剩下兄弟姐妹之间的牵绊，和他们对父母共同的回忆。

安葬了父亲，大姐和三姐一家留在苏州，七妹妹一家带着阿必去无锡小住，杨绛和钱钟书与弟弟一起回上海。

那段最黑暗的岁月，有钱钟书相伴走过，别离总是这样猝不及防。母亲离开时，杨绛远在异国，父亲故去时，不过 10 个小时的路程，却仍是没有赶到，是命运的安排，更是战争的伤痕。唯一没有变的是，无论艰难困苦，钱钟书都在她身边，相伴相慰。

很快，日本濒临战败，对上海的管控也变得异常严格，行人盘查，动辄被打，若是发现偷偷卖米的农民，一概捅死。黑市再无大米，杨绛一家几乎断炊，后来七妹妹从无锡运来一袋子面粉，杨绛学着发面蒸馒头，一家人改吃面食。

夜深人静的时候，总能听到军车鸣着警笛呼啸而过，军靴沉重，不知谁又要被抓走了。杨绛和钱钟书也会想，不知道哪天就会轮到他们自己。

特殊时期，没有什么是不可能发生的，4 月的一天上午，钱钟书出门上课，杨绛正在择菜，一个日本人和一个朝鲜人来到钱家。杨绛先跑上楼到他们住的亭子间把钱钟书的《谈艺录》手稿藏起来，之后倒茶，送入客堂。

得知这是一家人，姓钱，日本人开始打电话。叔叔瞥见那本子上写着杨绛名字，坚持要她出去避一避。杨绛明知躲不过，却不愿忤逆叔叔的好意，从后门溜出去到5号大姐的朋友家做客。吃过午饭，钱钟书的堂弟找来，告诉杨绛日本人不走，找不到杨绛的话就要带叔叔和另一个堂弟回去。

杨绛让这个堂弟到弄堂口等钱钟书，并告诉他先去陈麟瑞家里避一避。之后她借了一篮鸡蛋，直接回家。

亭子间已经被翻得乱七八糟，见杨绛回来，朝鲜人厉声问："杨绛是谁？"

"是我。"

"那为什么说姓钱？"

"我嫁在钱家，当然姓钱啊！"

杨绛说到这里，装作恍然大悟，解释自己是给婆婆买鸡蛋去了。日本人没有直接带走杨绛，而是让她第二天上午10点去宪兵司令部。

一家人吓得不行，杨绛则细细清点东西，发现只少了一本通讯录、宣传她的剧本的剪报，以及剧团演员联名的感谢信。脆而薄的稿纸没有被找到，钱钟书的《谈艺录》手稿得以幸免。

第二天，杨绛到宪兵司令部填了表格，被问了几句话便让她回去了。后来得知，日本人以为要抓的人化名“杨绛”，所以才传她问讯。

虽是虚惊，但钱钟书依然对杨绛的沉着冷静大为佩服，若不是她，他的手稿也许就在粗暴的翻检中支离破碎，再难拼凑。

在最难的时节里，有杨绛在，他们的家便不会有事，因为有她呢，只要一家人在一起，一切总会好转，苦难一定会过去。

黎明曙色

当苦难真切地发生在身边，人们才能体会到与身边亲人相依为命、彼此生命中只有对方，是怎样深刻又动人的感情。

那是一种不惧同生同死的勇敢，也是一种心甘情愿。

日军对上海进行轰炸后，钱钟书将母亲送回无锡老家，“我们仨”留在上海坚守。为了防止灯光外泄，家家户户挂上内红外黑的窗帘，玻璃上贴着交叉的纸条，以防震碎伤人。

空袭警报已经成为家常便饭，附近的广慈医院每天都要收治大量伤员，被炸伤的人鲜血淋淋，惨不忍睹，但此时的战局已经很明朗，盟军进军柏林，苏联出兵东北，胜利初见曙光。

每当空袭来临，“我们仨”就躲在楼梯底下，挤在一起，一向文人风骨的钱钟书，此时却不见丝毫软弱，他说：“要死也死在一起。”

他一直记得自己的承诺，他要和杨绛、和圆圆在一起，从此只有死别，再无生离。

1945 年 8 月 15 日，日本战败投降。

全家人都聚在一起，商量着要如何永远记住这一天，叔叔提议把每个孩子都打一顿。杨绛一个人躲在亭子间里，胜利的喜悦让此刻的她更加思念逝去的父亲，父亲在世时，日夜盼望着抗战胜利，如今胜利终于来了，这个消息却只能家祭相告，泉下有知。

钱钟书懂得杨绛的悲伤，更为岳父的离世难过，只有真正懂得彼此的人，才能相互安慰，没有说节哀，因为这种哀伤是无法克制的，他只说："无论如何，漫漫长夜已经过去，爸爸会为我们高兴，为国家高兴，我们终于熬过来了。"

执笔人生

此时的上海，抗战胜利，民众欢庆，而钱钟书与杨绛也迎来了新的生活。

抗战胜利后两个月，钱钟书就任当时的国立中央图书馆英文总纂，办公地点在上海，每月前往南京一次，汇报工作，为了当天来回，钱钟书总是一大早就启程，当天晚上便返回上海。

南京，只是他述职的地方，而有杨绛和圆圆的上海，才是他的家之所在。在经历了分别的苦闷与战争的残酷之后，回家，成为钱钟书人生中最重要的事情。他所求的不多，惟愿在之后的岁月里，和所爱之人度过更为漫长的时光，为此，他可以分秒必争。

1946 年夏，钱钟书兼任暨南大学外文系教授，参与英国文化委员会策划的《英国文化丛书》，这套丛书共 12 本，其中的《一九三九年以来英国散文作品》由杨绛翻译。

此时的钱钟书终于有了自己的用武之地，他的固定收入也改善了一家人的生活条件，杨绛卸下灶下婢的重任，从 1946 年秋开始，在震旦女子文理学院担任教授，直到 1949 年秋离开上海。

生活环境的变化，改变的是人的心境。家庭，是人们汲取力量的源泉，你爱的人，爱你的人，围成一个小小的圈，叫圆满，那流淌其中的，足已慰藉伤痛、制造欢乐的，是幸福，而在圆满与幸福的沃土中，文艺之花生根发芽，绚然盛放。

曾经的杨绛能在极端恶劣的生存条件下创作，如今钱钟书扬眉吐气，一家人衣食稍安，她的作品也更加丰富。除了翻译，杨绛还应朋友杂志的约稿，创作了不少散文，如《流浪儿》《风》《喝茶》《窗帘》《听话的艺术》，等等。

钱钟书的成果则更加斐然，先是在 1946 年 4 月出版了短篇小说集《人•兽•鬼》，扉页上写着最浪漫动人的赠语："赠予杨季康：绝无仅有的结合了各不相容的三者，妻子、情人、朋友。"

1946 年末，《围城》已经写完，并在《文艺复兴》月刊上连载，因为广受好评，1947 年 5 月出版，之后两年内连续 3 次印刷。

钱钟书因此名声大作，他终于不再只是“编剧杨绛的丈夫”，人们仍记得编剧杨绛的大名，介绍她时，却更爱用“钱钟书夫人”的称号。

对于这个变化，杨绛是开心的，在她的眼中，钱钟书比她更有才学，也更为刻苦；在她的世界里，钱钟书永远比自己重要，他的梦想和成就，也同样比自己的重要；她欣赏他的全部，她为他的成就感到自豪，也为自己是“钱钟书夫人”而欣慰与骄傲。

一同阅读，一同提笔，在日常生活中，他们是相互扶持的夫妻；在文学研究上，他们是并肩而行的战友。执笔人生，他们各具所长、旗鼓相当，你有你的犀利风趣，我有我的顽皮诙谐，写就的，却是漫长时光中，相互映衬、永恒不变的闪耀与精彩。

行尽江南

每个人的生命里都有一些地方、一些城、一些街巷，铭刻了不同的时光，储藏着不同的记忆。

江南出生地，北平青葱年，英法求学，是钱钟书与杨绛人生中的浪漫留影，而苦守上海，是他们坚强品格的历练与见证，这里，也是他们新生活的起步之地。喜剧作家、翻译家杨绛，《围城》作者、学者钱钟书，皆是沪上名起，伴随他们一生的称号。

1948 年 3 月，钱钟书参加由当时的教育部组织的文化代表团访问台湾，很多团员夫人都希望随行，但杨绛非但不闹，还主动表示不去。当负责人因此向钱钟书夸奖杨绛时，向来不擅交际寒暄，也从不替杨绛谦虚的钱钟书安然接受了夸奖，并没有像大部分人那样谦虚地推让一下。

他丝毫不在意别人调侃他护妻，事实上，在钱钟书心目中，杨绛便是最好的，怎么夸奖都不为过，自然也不需要谦虚，因为对妻子的夸奖，只有不足，绝无过誉。

1948 年 7 月，钱钟书祖父百岁冥诞，钱家老小都回到无锡七尺场老家，钱钟书和杨绛也带着圆圆一起回去。

杨绛的婆婆自从被送回无锡避难，很快便被钱基博老夫子接往内地，此番与杨绛已是几年不见，看到钱钟书和圆圆都胖了，只有杨绛还很瘦，向来严肃寡言、看不起贪嘴女人的婆婆很关切地对杨绛说："喜欢吃什么，买点吃吃。"

一晃13年过去，当年结婚时叩拜高堂的客厅，新妇入灶的厨房，一切都是老样子，只有钱钟书和杨绛之前住过的房间堆满旧物，结婚时的家具早已被卖掉。

人犹在，物已非，好在钱钟书与杨绛对这些外物并不在意，也不会生出莫名的伤感，反而是杨绛，担任过异国"主厨"也做过灶下婢，再回想起当年自己提着鱼尾战战兢兢"入厨下"的样子，她不免汗颜，却也感叹时光飞逝，人与年华共流转。

1949年3月，解放战争已经到了最后阶段，很多人都在考虑去留问题。虽然当时人们对共产党的了解并不多，钱钟书和杨绛的英国朋友也写信邀请他们赴英，但他们还是决定留下，经常往来的朋友也大多做出相同的决定。

无论如何，流淌在血液中的，对于祖国的热爱，对民族文化的热爱，对祖国同胞的热爱，是距离和苦难都无法改变的，就像他们会选择在1938年的秋天，返回烽火连天的祖国，即便冒着面对国破家亡的危险，因为他们的遭遇和命运，应该也必须与祖国人民连结在一起。

1949年暮春，钱钟书为摄影家郎静山在上海的摄影展翻译了标题说明，得到一笔美金酬劳，数额颇丰。当时国民党发行的金圆券已经贬值，前途未定，于是钱钟书和杨绛决定将这笔美金直接花掉，来一次杭州游。因为圆圆尚小，便留在家里，由住校的阿必回来帮忙照料。

4天时间里，钱钟书和杨绛由学生周节之陪导，游遍杭州最美的景致，4年夙愿，终于得偿。西湖泛舟，苏堤漫步，经历了分别和战争，如今在湖光微漾的春色中，享受着难得的二人世界，那轻松浪漫的心情不亚于一次蜜月旅行。

3月31日，钱钟书与杨绛游玩归来，懂事的圆圆折下垂丝海棠，插在书房的花瓶中，欢迎他们回家。

5月26日，夜雨轻飘，枪声整夜不断，钱钟书和杨绛一家住在三层，为了躲避流弹，三个人睡在了地板上。凌晨时，天还未亮，号角声便响彻天际，宣告着上海的解放。

从此，祖国迎来了崭新的时代，钱钟书与杨绛的人生，也翻开了崭新的一页。

第四章

相扶：因为陪伴，所以从容

人是生而孤寂的，正因为如此，我们才需要相互陪伴，在相濡以沫的岁月里，体会彼此的温暖，正是因为陪伴，风雨无惧，从容前行。

清华，永葆清澈的年华

南雁北归

命运总难捉摸，那些我们原以为此生就此错失的缘分，不知何时就会在下一个拐角相遇，与我们撞个满怀。在无法预料的地方，总有不期而至的惊喜，仿佛是为了补偿我们曾经最大的遗憾。

杨绛病了，就在一切都刚刚好转时，她病了。解放前一年，极爱生病的圆圆终于康复，回到学校读书，杨绛在震旦女子文理学院教书，家里请了阿姨帮忙照料，生活清闲了很多，但此时的杨绛却没了往日的精神。

也许是因为之前几年劳累过度，坚强的她又一直很能忍耐，所以过早地透支了体力和精力，那段时间里，她总觉得疲惫，人也病恹恹的，每到午后便会低烧，体重也每个月都在减轻，到医院去，医生也查不出什么。

无法诊断的病症，总让人更加担心，因为没有结论，便无法治疗。

钱钟书不说什么，心里却焦急不堪。他们的这个家，只要有杨绛在，什么事都不要紧，什么事都没问题，他不能想象若是杨绛倒下了，自己和圆圆的生活将会变成什么样。

可是，就连医生都无法诊断的病症，要怎么治呢？

正是这段时间，清华大学的吴晗到上海招聘教师，面对突如其来的机会，钱钟书很心动。

抗战期间，各方面原因的挤压夺去了他在母校清华任教的机会，1948 年秋，那位拖延聘用钱钟书的系主任陈福田，因为紧张的同事和师生关系，离开了清华。

若是能回到清华任教，若是能回到那个他们初相识初相恋的地方，离开承载着艰难回忆的上海，换一个更令人开心的环境，杨绛的病会不会好些呢？

钱钟书回清华任教，杨绛是支持的。早在1949年初，钱钟书的叔叔让钱钟书三弟一家搬到上海来住，钱钟书和杨绛便带着圆圆从钱家搬了出去，所以他们只需要收拾一下小家里的东西，便可以离开。

当时的钱钟书和杨绛都以为这次北上任教只是暂时的，不一定何时就会回来，所以他们在钱家的东西并没有特意回去整理。于是，杨绛结婚时父亲送的陪嫁碑帖、条幅，钱钟书在昆明时为杨绛写的日记，全都留在亭子间大床下的皮箱里。

1949年8月下旬，钱钟书和杨绛带着圆圆，还有家里的阿姨一起，登上北上的火车。

此去别经年，火车渐行渐远，上海的风物也终将在回忆里逐渐渺远，连同故乡无锡、故里苏州一起安静地停泊在过往的河湾处，沉淀成一幅古旧温馨的图画，被小心地卷起来，收进记忆的柜子里。

重回清华

一连两天的车程，走过的，是钱钟书与杨绛曾经寒来暑往的土地。圆圆是第一次北上，她非常好奇，却仍然尽职尽责地抱着自己的洋娃娃。洋娃娃的肚子里，藏着用很多法币换来的几两黄金。

行走在未曾踏足的旅途，人总是充满好奇，但走在曾经熟悉的路上，心情却复杂许多。那是夹杂着担忧的期待，也是饱含了欣喜的盼望。

钱钟书和杨绛也是如此，他们为了能重返清华，再次踏入他们热爱的母校而欣喜，同时又对母校现在样子充满担忧，经历了战火的灼烧，他们的母校还好吗，有变化吗？还是他们记忆中、想象中的样子吗？

人们对于热爱的事物，总有种按捺不住的期待，随着火车驶近北京，随着他们距离清华越来越近，心跳仿佛也跟着雀跃起来，像与久别的爱人重逢，像与失散的亲人团聚，踏出的每一步都是幸福与喜悦。

但此时的清华，已是另外一番天地。

残破，脏乱，那些在战火中被损坏的建筑，因为维修经费不足，只能勉强修复，放眼看去，遍体鳞伤，就连他们最爱的干净整洁的图书馆，也不复往日模样。

最大的变化要数校园内的气氛。如今的清华，政治气氛很浓，有各种各样的会要开。钱钟书与杨绛回到清华时，按照规定，夫妻两人不能同时担任正教授。

当某些荣誉只有一个人能享受的时候，杨绛从来都将钱钟书排在第一位。所以毫无悬念地，钱钟书出任外文系正教授，而杨绛担任兼职教授。

钱钟书教授大二学生，同时还开设《西洋文学史》和《经典文学之哲学》课程，杨绛教授《英国小说选读》。

正式教授工资颇高，兼职教授则按照授课钟点计算工资，相对更为清闲一些，甚至有时候还可以"逃会"，所以，当校规改革，夫妻也可一同担任正式教授时，杨绛却还是宁愿做她的"散工"。

初返清华的时光是快乐的，轻松，惬意，圆圆很喜欢绿树环绕的校园，与上海街弄两侧规划的树木不同，清华宛若一座大花园，漫游其间，惬意非常。因此，她经常抽空出去"熟悉环境"。

即便经历了战争，清华图书馆的藏书依旧丰富，这是让钱钟书和杨绛最开心的事，他们从图书馆借来很多外文书和线装书，每到晚上，他们便对坐在客厅里，安静地读书，享受着和平年代里的每个夜晚。

每个人都有自己的爱好和习惯，但并不是所有人都能一直将它们坚持下去。只有内心坚强的人，能不受环境变动的影响，不被苦难的经历摧残，能在任何时刻、任何境遇坚守着自己内心的一方净土。

清华，是钱钟书与杨绛的人生真正起航的地方，也同样是他们在经历磨难之后，最安稳、熟悉的港湾。

藏笔于心

生活的长河，因为磨难而波澜壮阔，因为安稳而静水流深，而流经的岁月，也因为每个人不同的经历，染上别样的色彩。

有人埋头钻营，有人淡薄闲散，爱好文字的人，埋头书海，投身运动的人，热心奔忙。

钱钟书教书认真，治学严谨，每每更换系主任，教务长都要听听他的意见。杨绛是兼职教授，工作上却丝毫不肯马虎，她教授的小说选读，当时与诗歌、戏剧并称三大“危险课”。后来，诗歌与戏剧因为没有学生选读，便取消了，小说选读因为受欢迎，学生反而变多了，杨绛只好继续教下去。

教书之余，她自己也很爱读小说，当她读到一本英译的西班牙小说《托梅斯河上的小拉萨路》时，因为很喜欢，便将英译本翻译成中文，译名《小癞子》。

《小癞子》是西方“流浪汉小说”的开山之作，这个题材虽然苦难重重，语言却幽默，这恰是杨绛喜欢的风格。除了英译本转译，后来她还参照法译本重新翻译，自学西班牙语后按照原文翻译，因此她发现，从原文翻译总会少绕许多弯，还能免除不必要的错误。

中华人民共和国成立后，杨绛虽然有很多构思和创意，但最终都搁置下来，钱钟书也是一样，他们的大部分精力都用在生活和教育圆圆上。

回到清华时，杨绛的身体依旧很虚弱，几百米的路，她步行也觉得吃力，因此总乘人力车去开会。后来，她的体质慢慢变好，低烧消退，身体也渐渐好起来。钱钟书的用心良苦，终是没有白费。

一家人的生活，总是有趣，即便没有大喜悦，也有很多小确幸，日子在时光沙漏里流淌，温馨的记忆慢慢积累，细腻绵长。

钱钟书和杨绛都很喜欢猫，在清华时，他们养了一只小郎猫，取名“花花儿”，它总趴在沙发的白布垫子上，聪明懂事。

花花儿在家里很受宠爱，当时，钱钟书、杨绛与梁思成、林徽因家住得很近。梁家也养了一只猫，春天闹猫时，花花儿常和梁家的猫打架，房顶、树间，总会听到它们的叫声。

钱钟书护猫，早春时节，北京的天气还很冷，每当听到猫叫，他便从温暖的被窝里爬出来，披上衣服赶出去查看情况。

猫上房爬树，总在高处，钱钟书特意准备了一根长长的竹竿，夜里出去时抄在手中，专门用来帮花花儿打架。

梁家的猫是他们家“爱的焦点”，杨绛总劝钱钟书不要为此伤了和气，怎奈钱钟书痴气满满，不肯罢休，所幸他的护猫行动一直没有被梁家发觉。因为也许没人能想到，清华外文系教授——已 40 岁的钱钟书，竟然单纯直率到亲自帮猫打架。

但生活的乐趣原本在此，成年人的世界总嫌复杂，若一个人像小孩一般单纯率真，总要被他人暗中嘲笑，为了摆脱这低声的嘲笑，太多人放弃了单纯，穿起盛装，成为大人模样，却因此失去了生命中最简单的快乐。

曾经笔耕不辍的钱钟书与杨绛，如今藏笔于心，将人生最真实的感悟，沉淀在无声的日常中，慢慢酝酿在美丽的清华校园里。

永葆清澈

好时光总是匆匆，月色清明，浮光沉静，春花秋月间，雨水打湿树叶，沿着人生的叶脉，流淌成交错的网，将一家人的命运紧紧缠绕在一起。

“我们仨”在清华居住的快乐时光真正计算起来，只有一年而已。在清华任教的第二年，受人推荐，钱钟书入选《毛泽东选集》英文编译委员会，被抽调进城工作，因此也离开了清华，离开了他们的小家，只有周末才能回来。

被中央选中担任如此重任，在许多人看来是无上殊荣，但一向埋头治学的钱钟书却因此感到惶恐。翻译毛主席作品意味着荣誉，同时也意味着极大的责任。在如此重大的责任面前，一向淡泊名利的人，不求有功，但求无过。

钱钟书不在，这个小小的家仿佛失了许多热闹，但杨绛身边还有圆圆相伴，她会陪着怕黑的母亲穿过校园，去听音乐会，会一个人悄悄去铲煤球，帮母亲减轻负担。曾经瓷娃娃一般的小丫头，如今已经长大，成为杨绛背后最温暖贴心的陪伴。

1951年，“三反”运动开始，许多女同志穿上了列宁服，布衣长裤，布带系在腰间，整齐简练，但杨绛依旧穿着旗袍，身材娇小的她总爱撑一把遮阳伞，仿佛还驻留在老上海的旧时光里。

那时以批评和自我批评为主，杨绛不是正式教授，但教起课来认真负责，既不是“向上爬”的典型，也不是“混饭吃”的典型，最多只能算不思进取，满足于贤妻良母的角色，思想不够进步，没有新中国人民的主人翁意识。

可是，等到集体控诉会的时候，杨绛却被一名不认识的女学生列举了很多“罪名”，说她上课不讲工人，专谈恋爱等，在坐着三千多名教职员工和学生的礼堂，杨绛仿佛是孤身一人，她不能离开，也无法辩白。当控诉会结束，杨绛从会场走出，大家都避开她，人群里也有人低声议论。

家，是一个人躲避风雨的港湾，因为那里有亲人的笑容和温暖的陪伴，但若一个人就是一个家，又要从哪里寻求慰藉？

寂静，冰冷，“我们仨”的家，没了欢声笑语，钱钟书不在家，圆圆正读高中，在城里住校，无忧无虑的阿姨已经睡熟，只有她一个人独自思考和承受，就连平时兴致盎然的阅读，也变得少了吸引力。

越是坚强的人，越能乐观应对生活的变故，即便缺少钱钟书的陪伴与开解，也没有可爱的女儿在身旁相伴，杨绛还是很快恢复了平和的心态。

既然问心无愧，何惧空穴风雨，坦诚的内心总是清明，无论是否有人相伴相慰，只要心有温暖，便能抬起头来面对灰暗凄凉的风雨。

无论世事变迁，人情翻覆，他们惟愿在清华的生活满是美好与清澈，就像曾在清华园中度过的青葱岁月，比仲夏荷塘的月色皎洁，比水木清华的池水清澈，那是留在心底的守候，写在眼中的从容，以及对母校无条件的爱与牵绊。

平生最好的情书

学会沉默

1952 年秋，各大高校开始调动工作，钱钟书和杨绛被分配到北京大学文学研究所，就这样，他们离开了清华园，搬入中关园宿舍。搬家时，钱钟书和圆圆都不在家，杨绛一个人带着阿姨，连抽屉里的东西都没有掏出来，直接摞在一起搬走了。

人讲道理，猫却恋地。搬家时，花花儿也跟着到了中关园，但很快它便溜走了。猫是自由的，它宁愿流浪，也要返回清华园，可钱钟书和杨绛却身不由己，只能适应新的环境。曾经宁静平和的书院生活，也伴随着聪明可爱的花花儿消失了。

中关园宿舍的房子很狭小，钱钟书将它取名为“容安居”，出自陶渊明“审容膝之易安”，因此，杨绛在门前的小院种下五棵柳树，很快便郁郁成荫。

随着运动的开始，钱钟书写成的《宋诗选注》，与杨绛完成的几篇论文和翻译作品《吉尔·布拉斯》，都成为被抨击的罪证。钱钟书性情直率，杨绛时常叮嘱钱钟书，尽量少在外面吃饭，少在外面讲话。

我们永远无法预知结果，更不知道我们的所作所为会引发什么样的后果。所以，沉默常常是最好的自我保护，不伤人，亦不伤己。

调动之初，钱钟书与杨绛都在文学所的外国文学研究组里工作，不久后，钱钟书又被借调到中国古代文学研究组。

捧书相伴的日子，已在大环境的改变下悄然隐去，但生活中的乐趣却与这些无关。有趣的人，总能从寻常的生活中发现喜悦，在平淡的时光里品味别致。

1954 年，钱钟书写下《容安室休沐杂咏》，休闲居家的生活侧面，呼之欲出。

窄小的居室中，最不可缺少的是乱书堆。乱，并不是因为无人收拾，而是因为其中的书籍，随时都可能被抽出来翻看，也许放回去时，又要再从下面抽一本出来。

他们种花，种兰花、菊花，外面桃花、芍药交相开谢，春风又吹彩蝶飞，蝴蝶翩飞处，明媚的阳光里，仿佛还看见了花花儿的身影，追着蝴蝶，灵活矫健。

所有的景致里，钱钟书与杨绛最爱的，还是门前的柳树。朝阳与夕照，它们轻摇慢舞，闲闲晃动，鹅黄色的枝条茂盛；夜晚，一盘洁白的月升上梢头，仿佛跨越千年，从“五柳先生”的眼中，照亮钱钟书与杨绛宁静的梦。

焚毁的信

在无边的时光长河中，我们眺望有限的生命，用分秒的眷恋去抵抗冰冷的流年，消极的人看到的是无奈与短暂，乐观的人感受的却是每一天、每一时实实在在的快乐。

虽然离开英伦多年，钱钟书和杨绛依旧保留着“探险”的习惯。

那时的中关村仍是郊野模样，绿树成荫，阡陌整齐，很有生活气息。当夕阳西下，风光悠然闲适，特别是落日的余晖中，树影悄镀金，田园生暖意。每到这时，钱钟书与杨绛便在田间小路上散步。

两个年近半百的老人肩并着肩，自然和谐，仿佛已经相携走过一生，并将在往后的漫长余生里，继续不徐不疾，从容地相伴永远。

许下承诺的时候，我们每个人都会希望它能实现，就像任何一个美好的愿望，任何一种长久的相伴，都是幸福的约定。

但世间沉浮，人事莫测，一个人的力量与时代相比，实在是渺小而无力。

1958 年 10 月开始，文学所组织知识分子下乡，“深入民间接受改造”，杨绛是第一批。

曾经，钱钟书对杨绛许诺，他们要相携一生，再无生离，如今却不得不接受工作上的安排，接受难忍的分别与深切的挂念。

钱钟书下乡的时间比杨绛晚一个月，剪不断的想念，写成小小的字，情切意真，一行又一行，写满了两三张纸。

一群人里，杨绛的信最多，她喜欢将信封拆掉，将薄薄的信纸收在贴身口袋里，每个口袋能装入四五封信。

见过风雨的人，懂得未雨绸缪，就像受过伤的人，懂得谨小慎微。

每每存起来不到 20 封信，口袋就变得硬邦邦的，弯腰都变得很不方便。事实上，钱钟书写的信和当年一样，并不肉麻，也没有怕被人看到的话。可是白纸黑字，若是出现了问题，真的是百口莫辩。

贴身的衣袋里装不下时，杨绛便把信藏在提包里，却又难免胆战心惊，最后她只能硬着心肠，将它们付之一炬。

无法留下的，往往才是最好的，只因那瞬间的存在会在其后永久的消亡中，被人们不断回想，因为再无法挽回，所以更觉美好。

那是钱钟书这辈子写得最好的情书，即使前往昌黎改造，他仍然偷空给杨绛写信。

此时的钱钟书，下笔早已不似年轻时稚嫩，深邃的思想与满满的挂念汇集笔下，编织成灿若繁星的文字，一页页一封封，都是写给杨绛一人的。

纵然没有甜言蜜语，你侬我侬的儿女情怀却有着相濡以沫的鹣鲽情深，在那些风雨暗淡的岁月里，呵护着杨绛走过艰难，捱过一关又一关，直到他们在北京重聚，用重逢的快乐慢慢填补之前分别的时光。

一本稿子

奋进的人永远不会停下脚步，哪怕明知前路遍布荆棘，因为停下来，就是敷衍自己的人生，但每个人的人生都应该被认真对待。

从山村返京之后，钱钟书与杨绛继续着文学所的工作和生活。

第一部译作《小癞子》之后，1956 年，杨绛出版了译作《吉尔·布拉斯》，中宣部副部长林默涵读过后，希望杨绛能重译《堂吉诃德》。

杨绛几番考虑，又找来几个版本进行对比，最后决定先自学西班牙语，再直接翻译原版小说。从 1958 年坚持学到 1962 年，她已经能读懂较为艰深的西班牙小说，但对于翻译，她还是显得信心不足。

相互欣赏和理解的人，不仅懂得对方的好，更懂得对方的焦虑和担忧，于是鼓励时恰到好处，安慰时举重若轻，开解时一针见血，无需太多，刚刚好的，便是最好。

在动笔之前，杨绛曾忧心忡忡地问钱钟书：“我读西班牙文，口音不准，也不会说，我能翻译西班牙文吗？”

钱钟书反问：“翻译咱们中国经典的译者，能说中国话吗？”

就像是久已闲置的房间突然被人打开门窗，阳光毫不犹豫地照进来，天气清明通透。正是在钱钟书的提醒和鼓励下，杨绛茅塞顿开，不再犹豫迟疑，着手进行翻译。

那个年代，许多家信都随着火光化为灰烬，但《堂吉诃德》的译稿，杨绛却舍不得烧掉。当翻译到书籍的四分之三时，稿纸已经很厚，杨绛担心散页容易遗失，便将稿子用牛皮纸包好，封面还用醒目的红笔写上“《堂吉诃德》译稿”。

但这份杨绛视若宝贝的译稿，最终还是被没收了。后来风波渐平，《堂吉诃德》的译稿却找不到了。

那段时间里，杨绛在结束自己的工作后，总是自愿帮忙打扫窗台、擦玻璃，既能打发时间，又能借机寻找“被俘的堂吉诃德”。可是，她擦遍每间屋子的窗户，看遍每间屋子，却都没有发现稿子的踪影。

一晃半年过去了，有一天杨绛前往后楼打扫储藏室时，在凌乱的废纸堆里发现了《堂吉诃德》译稿，真是踏破铁鞋无觅处，得来全不费工夫。

虽然发现了稿子的踪影，但想带走它却并不容易，看管的干部告诉杨绛，是她的稿子没错，却不能随便拿走，到时会还给她的。

一个“到时”，拖了又拖，磨了又磨，直到下放干校前，杨绛才拿到译稿。

在那个堪称艰难的岁月里，《堂吉诃德》的获救，让曾经的愤怒和失望得到疏解。乌云遮天中，杨绛就像找回了失散多年的儿女，开心得不行，她将稿子抱回家，好生藏起，但那时激动的心情却被她永远留在了文字中：“落难的堂吉诃德居然碰到这样一位扶危济困的骑士！我的感激远远超过了我对许多人、许多事的恼怒和失望。”

菜园相会

相守与告别，有时不过转瞬，止息间，沧海桑田已然变迁，人在前行，回忆被留在身后，绵延不绝，恋恋不舍。于是那些短暂的相会，也成为最美好的时光。

1969 年 11 月，钱钟书和所在的文学部一起被派往位于河南的“干校”。那时，钱钟书即将迎来自己虚岁 60 岁生日，他和杨绛早已约好，到时一起吃寿面庆生，可是寿面还没有吃，钱钟书便出发了。1970 年 7 月，杨绛也跟随外文部离开北京，前往干校。

再相见时，杨绛心里是言语无法传达的心疼。此时的钱钟书已经变得又黑又瘦，仿佛换了个人一样，他的工作是看管工具，晚间巡夜，并且担任“信差”，而杨绛被分配在白天看管菜园。

他们住的地方相距不过 1 小时路程，但都要服从安排，不能随便走动，干校每隔 10 天休息一次，有时如果有事，就取消休息，但钱钟书与杨绛的书信来往却方便许多，与远在北京的女儿相比，他们算是聚在一处的。

菜园不大，里面有一间简陋的窝棚，方便日夜轮流看守，距离钱钟书看管工具的宿舍只有十几分钟路程。

这里与钱钟书每天的必经之路离得很近，他每天都要到邮电所去送信取信、领取当天的报纸，更会顺路到菜园看望杨绛。

菜园旁有一条小溪，钱钟书总是沿着小溪走到菜园，再去邮电所。这条小溪宛若天上银河分隔牛郎和织女，挡在钱钟书与杨绛眼前。他们只能站在溪水两岸，寻常交谈，再看着对方的身影，在渐渐变远的风景里越来越小。

时间残酷，有时却温柔，仿佛懂人心事。季节更迭，小溪干涸，流水日浅，钱钟书便能跳过小溪，从菜园去邮电所，减少绕道的路程，更重要的是，他和杨绛再不用隔溪相望，水声送人语。

之后不久，钱钟书又在菜园南侧发现一座小桥，连通东西两岸，这样一来，只要多走一些路程，便无需冒着险费力跳过小溪，从此，钱钟书每个午后去邮电所的路上，都有了去处。

若想见一个人，一定是跑着的。每到午后，年过六旬的钱钟书总是跑着来见杨绛。

晴天里，他们会在窝棚南边灌水渠的岸边坐一会儿，晒着太阳聊着天，若是时间不够，他们便站着说上几句。

那些想到什么就提笔写给杨绛的信，钱钟书可以亲自交给她，虽然断断续续，三言两语，仿佛是随想的碎语，却恰恰充满了平凡生活中的思念与喜怒。

杨绛一个人看守菜园，自由而安静，她会看书、写东西，也会给钱钟书写信，在每天的相会中，他们互换信件，远比旧式小说、戏剧里私会的情人更加浪漫。

他每日来看她，而她总是送他到溪边，再目送他背影渐远，待到折返，还可隔着溪水，再说上几句，若无事，便可以看着他远远地迎面而来，再慢慢地在视线里走得看不见。

一年的光景，从菜园到小溪那段不长的路，钱钟书和杨绛一起走过，就像他们之前一起走过的那些漫长的路，用尽可能多的时间，用尽可能浓的心意，相携相伴，相知相惜，两厢恬然，一处安宁。

纯真时光

在艰难的时光中，最让人感动的不是刻意给予的帮助，而是无意之间流露出的友善，那些毫无功利心的喜欢，那些不求回报的陪伴，是生命所能给予的最大的赠予。

若人与人之间的关怀是情感，那么人与动物之间的相依，便是羁绊。天地不仁，以万物为刍狗，人间值得，我们与万物共生。

凭喜爱而言，钱钟书和杨绛是爱猫的，但他们在干校期间，却从一条纯真的小狗身上，得到了精神上的陪伴与慰藉。

那是被人从砖窑捡回的小黄狗，被大家取名“小趋”，因为捡到它的人姓“区”。少年无忧，小狗亦是活泼，它的存在，为钱钟书与杨绛略显枯燥的生活增加了一抹亮色。

因为有了小狗，钱钟书每次到菜园，都会带些肉皮或是有筋的骨头，有一次还带了两枚臭鸡蛋，于是小狗每次见他远远走来，就开心地迎上前去，又蹦又跳，一边叫一边拼命摇着尾巴，绕着他打滚，之后再摇尾蹦跳，又打个滚……

那是一种毫无掩饰和保留的欢喜，热情、真诚，钱钟书常常感到无法抬脚向前，总需要杨绛将小狗喊开，将他从热烈的漩涡中“解救”出来，他们才能一起来到菜地。

小狗喜欢跟着人，还是奶狗的它，总是一路跟着杨绛，一路走回厨房，又跟着她到了钱钟书住的宿舍，当它发现钱钟书也在那里时，又欢喜得蹦跳起来。

于是从此以后，小狗先是陪着杨绛在菜园等钱钟书来，之后再跑回钱钟书的宿舍门外，等他取邮件回来，就跳跃着、呜呜叫着欢迎他，再跑回菜园陪杨绛，和她一起吃饭。

干校生活即便辛苦，有这样的小欢乐，回忆里的风景也是明媚温暖的。正是这样单纯的温暖，让钱钟书与杨绛能够带着微笑，面对晴天、雨天、暴风天，在相携前行的道路上，成为更加从容平和的自己。

1971年清明，干校搬往明港，小狗也留在了当地。离开前，钱钟书和杨绛最后一次到他们曾经日日相会的菜园去，但那些熟悉的景物，窝棚、井台、灌水渠、菜畦，已经都没有了，那些曾经留下回忆的地方，如今只剩下泛白的土块，在田园中度过的纯真时光慢慢淡去，就像他们从未曾来过一般。

回城的消息总遥遥无期，在那些等等的日子里，因为有彼此的陪伴，钱钟书与杨绛的生活显得从容而平静，只是当杨绛指着随处可见的窝棚问钱钟书："给咱们这样一个棚，咱们就住下，行吗？"

钱钟书思考片刻，摇摇头说："没有书。"

他们在意的，从不是环境的恶劣、生活的艰难，也不是年增岁涨后的衰弱与孤独，只是，向来嗜读如命的两个人，要如何在知识的荒原里，看遍日升日落，数尽繁星伴月，他们只能在空寂的岁月里，从自己的储备中，循着学术的痕迹，在回味与探讨中，重温曾经埋头故纸堆的畅快淋漓，用朴素的人生信念，写苦中作乐的相伴，留下一叠纯真的时光剪影。

一张大书桌，一张小书桌

和平“流亡”

有时候，命运待人并不友善，风雨后见彩虹，磨难后得幸福，是愿景，更是鼓励人们坚持下去的动力，所以有时候，风雨之后等来的，并不是彩虹，因为天还没有完全放晴，而脚下的道路依旧泥泞，生活的坦途近在咫尺却又举步维艰。

1972 年 3 月，钱钟书与杨绛等来回城的消息，他们作为第二批“老弱病残”回到北京，回到曾经的学部宿舍居住。但是，当时与他们同住的一对夫妻并不友善。1973 年 12 月，钱钟书和杨绛不得不搬离宿舍，搬到女儿圆圆、也就是钱瑗当时在北师大的集体宿舍去。

那是一个三楼的小房间，窗子朝北，房间阴冷脏乱，三张上下铺的单人床，四张书桌，床下堆得乱七八糟，到处是灰尘。杨绛将房间打扫干净，生起煤炉热了从食堂买回的饭菜，一家人就这样住进了新居。

曾经父母尚年轻、女儿很可爱的“我们仨”，如今成了父母已年迈、女儿近不惑的“我们仨”，可是，只要与最珍爱的人在一起，便没有什么是不能忍受的，因为亲人的笑脸才是最温暖的阳光。

钱钟书与杨绛匆匆搬出时，天气已经转凉，因为随身携带的冬衣不足，杨绛找人陪同壮胆，专程回到原来的宿舍收拾保暖衣物，但还是晚了一步，钱钟书被冻得患上感冒。

后来，钱瑗的一名同事得知他们的情况，将朋友让给自己的两间房留出，让钱钟书与杨绛搬去越冬。新的住处是两间房，在教职员宿舍的小红楼，一南一北，家具稍全，重要的是，这里的阳光很充沛，在寒风凛冽的冬季，是极为珍贵的避寒之处。

搬家的匆忙中，已经感冒的钱钟书也想帮忙，却在清扫陈年积土时吸入大量灰尘，引发哮喘，情况危急，不得不送医院抢救，近 4 个小时，症状才得到控制和缓解。

因为这次哮喘的发作，钱钟书大脑缺氧，短时间内反应失常，手脚不灵便，口齿也变得不清楚，所幸过了一段时间后，这些反常症状渐渐消退，人也好了起来。

也许正是因为有所爱之人相伴身旁，有些困难才显得不那么难挨，有些坎坷才觉得仍有希望。寒冬虽然可怖，但随着时间的流转总会过去，就像之前的每一次考验，最终都云烟散尽，雨收风止。

1973 年悄然离去，无处可去的漫长冬季过完了，1974 年的春天终于到来。天气转暖后，杨绛向文学所求得一间办公室作为她和钱钟书的家，将小红楼的两间房还给了女儿好心的同事。

那是一间堆放杂物的办公室，在学部七号楼一层的西侧。文学所和外文所的年轻人见钱钟书和杨绛艰难无助，主动帮他们打扫了房间，擦了门窗，挂好窗帘，配上钥匙。

于是这间办公室，这个小小的家，已具雏形，这场和平年代的“流亡”生活宣告结束，钱钟书与杨绛，在两个人都已跨过六十光景的时候，有了暂时停驻栖息的居所。

大小书桌

一间办公室，能算作真正的家吗？有厨房吗？有独立的卫生间吗？像在牛津时那样，有小炉灶和大浴缸吗？

这些都没有，但钱钟书与杨绛也从不曾有奢靡的生活习惯，生活的必需品，不过吃穿用住，精神上的富足，才是人之所以成为人的真正意义。

1974 年 5 月，钱钟书和杨绛告别北师大的邻居朋友，搬进学部楼的新家。

屋子不太大，两个铁书架，横格已经不见，钱钟书与杨绛便将从干校带回的木箱摆在上面，两张行军床横放在墙边，中间摆着木箱，充当床头柜，厨房在廊下。为了越冬驱寒，还新装了炉子，装上风斗通风，再从煤厂拉来一车车的蜂窝煤，也码在廊下，家里的厨具碗筷都放在铁书架顶上。

这个小小的陋居里，最重要的家具是两张书桌：一张在北窗下，是钱钟书的，靠近南窗和床的小书桌，是杨绛的。

书桌很小，小到只能放下一叠稿纸和一本书，可是，只要有能落笔的地方，便是人间天堂。就在这个小小的办公室里，钱钟书继续写《管锥编》，同时又继续参与《毛主席诗词》的英译工作，杨绛则忙着重译《堂吉诃德》。

重译《堂吉诃德》，并非是因为之前的译稿丢失，而是因为在干校期间，翻译工作中断太久，杨绛不愿狗尾续貂，敷衍了这部精彩的作品，于是决定全部推翻，从头翻译。

因为桌面太小，需要的工具书又多，写作和翻阅资料时，钱钟书和杨绛只能将各种大部头的工具字典放在床上。

那些厚重的书一本本摊开，沉静地睡在他们床上，仿佛是通向另一个世界的出口，轻声诉说着语言和文字的魅力，在这间小小的屋子里，散发着文学自诞生时起，从未减弱更不曾消亡的美好。

从 1974 年 5 月到 1977 年 2 月，学部办公室的家里，精心收纳着钱钟书与杨绛的生活。

这里有鼠患，住在地下的大老鼠最喜欢啃钱钟书的中文笔记；这里有蚊灾，蚊子多得能撞在脸上；还有能蜕变成白色飞蛾的白毛虫，杨绛怕软软的虫子，只能用筷子夹住它们，埋到院中的土里去。

但这个家，也有许多好的地方。钱钟书和杨绛住在七号楼，前面的六号楼里有文学所的图书资料室，借书只在隔壁楼，再重的书也能抱着走回家。

这里的年轻人都那么热情，1976 年唐山大地震之后，余震波及北京，外文所居住的人都被安排撤到大食堂避难。年轻人将钱钟书和杨绛的床和日用品全都搬进食堂，为钱钟书和杨绛做饭的钟点工回家去了，他们便吃年轻人的“百家饭”……

那是怎样的温暖呢？非亲非故，无功无求，向他们伸出援手的年轻人，只是因为他们想帮助他们，只是因为他们愿意，愿意在艰难的岁月里，将生活中的温暖与希望与钱钟书和杨绛同享。

于是，来自年轻人的友善与关怀成为钱钟书与杨绛在陋居时最大的温馨，也成为那段岁月里，最值得回忆的暖意。

那是在乌云蔽日的天空下，悄悄闪耀的人性关怀，是善良与阳光不灭的证据，是世间希望的光芒，带着悲悯为乌云边缘镀上的金色。

三里河居

热爱创作的人，总能从其中汲取养分，哪怕身边的环境再恶劣，只要动笔，就是另一片风景，未必闲适从容，但注定激昂奋发。

在学部楼办公室的钱钟书和杨绛，即将迎来第三个冬天。像往年一样，杨绛买了很多蜂窝煤储存起来，对她来说，这间小小的陋居，已经成为夫妻两人的家，读书、工作、生活、起居，只此足已，唯一惦念的，是想申请使用藏书室旁的另一间空屋，那里没有窗户，但能存放衣物和箱子。

1977 年 1 月，学部办公处的工作人员突然交给杨绛一串钥匙，让她乘坐学部的汽车去三里河看房子。三里河是国务院新盖的宿舍，杨绛带着女儿看过房子，回来便开始收拾家当，准备搬家。

不知是因为相似的人才能得成眷属，还是因为相爱的人会越来越相似，人们在情感中共同成长，又在羁绊中不知不觉地一起改变。

为了给钱钟书惊喜，杨绛和女儿决定瞒着钱钟书，却不想，他早已知道了要迁入新居的好消息，同样是想要给她们惊喜，才没有提前说破。

那一年的立春，经历了“流亡”和办公室简居的生活，钱钟书和杨绛终于有了自己的新家，一个真正意义上的家。

杨绛先是在年轻朋友们的陪伴下，乘着卡车搬家。为了避免再发生上一次的意外，杨绛先搬迁停当，到了下午，才用小汽车将钱钟书“搬”进新家，因为，他是她生命中最贵重的“行李”，不能再容许半点闪失。

三里河的新家，有4个房间。最大的房间是客厅，也是钱钟书和杨绛的工作室。窗前一横一竖摆着两张书桌，一人一张，不争不抢，工作时从未有过的同事对桌，老来竟然实现了。工作室里沿墙摆着书橱，靠门有一对沙发，一张茶几。

另外的三间房分别是钱钟书与杨绛的卧室、女儿的卧室以及一间吃饭的房间，钟点工已经变为全天，晚上睡在吃饭间里。

周围的环境虽然不如清华校园优美，但这里的院子很大，也幽静，院中树木夹道，绿叶成荫，晨起薄露净澈，枝叶清新，傍晚夕阳微敛，树影长斜，很适合闲庭信步，健身漫谈。杨绛便是在这里，和邻居学会了大雁功，一做便是许多年。

对于钱钟书和杨绛来说，迁入三里河的新居，是从未想到过的惊喜。后来他们得知，这套房子是在胡乔木的帮助下分得的，这位曾在他们蜗居办公室时为钱钟书寄来哮喘药方的好心人，是钱钟书在清华时的同学，也是钱钟书翻译《毛主席诗词》时的上级领导。

三里河没有河，离那里最近的水，是玉渊潭的潭水，就像钱钟书没有钱，他一生中的财富，除了贤妻杨绛，便是书海拾珍。

这里离学部很远，交通亦是不便，钱钟书与杨绛平时都在家里工作，工资是年轻朋友代领的，书也是年轻朋友帮忙借的，从外文所，从北大，从北京图书馆。无论是送工资，送书，总有人争抢着来看他们。

于是，这个宽敞的新家，陌生的环境，因为熟人的走动探望，很快成为熟悉的住所，热气腾腾，笑声满满。从英伦、巴黎到清华，跨越战争岁月与和平年代，三里河，终于成为“我们仨”的新家，也成为“我们仨”安稳生活的全新开始。

贤妻才女

精神上越是苦闷，文学创作的热情越是高涨，但只有在生活逐渐稳定后，研究和创作才有机会付诸现实。

搬入三里河的新居后，钱钟书与杨绛的生活日渐安稳，他们曾经历过的那些精彩与坎坷，曾忍耐过的那些思念和孤独，都在不知不觉中，凝聚成生命中最大的精神财富，从笔端流淌而出，让人们在赞叹学术深度的同时，更感叹于他们的精神高度。

钱钟书与杨绛，如今已年近70岁，虽然生命因迟暮而衰弱，他们的文学成就却大放异彩，交相辉映，对坐的书桌畔，是一对令人艳羡的文坛伉俪，宛若长剑，一人英气流动，出匣自鸣语惊天下，一人青光含藏，大智若愚不显刀刃。

钱钟书的《管锥编》初稿完成，开始进行修订，杨绛的《堂吉诃德》重译完毕，又找到西班牙原著，重新翻译《小癞子》。

1977年11月，钱钟书的《管锥编》进入出版程序，1979年8月出版；1978年3月，杨绛翻译的《堂吉诃德》出版。

走过暗淡的文艺岁月，这两部在学部楼小小的办公室、小小的桌面上完成的作品，一经问世就引起轰动，没有人想到，在那样动荡流离的环境中，还有人埋首坚持著书治学。拨开乌云始见日，钱钟书与杨绛的多年心血也与文学事业一起，再次起航。

忠于原著，运笔流畅，语言幽默，杨绛翻译的《堂吉诃德》一上市便广受好评。那时正逢西班牙国王携王后一行访华，她的译作被当作国礼送给国王。杨绛参加了接待国宴，并因为这部译作获得西班牙政府大奖，受邀出访西班牙。

可是，杨绛依旧是杨绛，正如战争岁月里，著名剧作家杨绛甘为灶下婢那样，如今的翻译家杨绛，在三里河简朴的家中，担任着钱钟书的理发师和“健身教练”，以及他的书法学生。

墙为白灰，地是水泥，客厅便是书房，书香满溢，墙上挂着篆书条联，上联“二分流水三分竹”，下联“九日春阴一日晴”。两个人的书桌，一大一小，杨绛总说，因为钱钟书的名气比她大，所以用大书桌。

钱钟书的《围城》依旧风靡，他每天都会收到很多读者的信件，拜访的朋友也很多，惜时如命的钱钟书，常常语带调侃地抱怨大家都在剥削他的时间，可是，读者来信他依旧认真回复，若有朋友来，他仍然认真地与他们探讨。

也许是巧合，但更是两个人生命中长久而紧密的缘分，杨绛的《堂吉诃德》完稿时，钱钟书的《管锥编》刚好校订完毕。钱钟书很有兴致地提议，要和杨绛互换题签。

杨绛没有反对，但她笑着问：“我的字那么糟，你不怕吃亏么？”

钱钟书的口吻却依旧孩子气：“留个纪念，好玩儿。”

从此，钱钟书与杨绛的作品再有出版，都会互相题签，是留念，更是相互的支持与鼓励，为了曾经艰难的岁月，也为了相伴行至今时的彼此。

在三里河的日子里，杨绛创作了很多作品，包括《洗澡》《倒影集》和数十篇散文，如《回忆我的父亲》《记杨必》，等等。她不单自己写，还会督促钱钟书认真整理著作。

1994 年，钱钟书终于完成《槐聚诗存》的编订，成书之日，钱钟书拉着杨绛的手，感慨地说：“你是最贤的妻，最才的女！”

最好的爱情，不过是遇见你之前，我从未想过结婚，与你结婚之后，我从未想过娶别人。

在钱钟书看来，再多的盛誉，她都值得。不止因为杨绛文学成就上的精彩，也不止因为她性格上的坚韧开朗，所有的话语，所有的感谢，一切的爱慕与钦佩，只因为她是杨绛，只因为她是钱钟书的杨绛。

像你的女儿

一张命书

如果知道自己将在何日死去，人生会不会多些陪伴、少些孤单，多些规划、少些遗憾。可是，无端的命数，谁又能真的参透？不过是人间游走，惜取花时，好好度过相守相伴的每一天，努力捱过寂寞无依的每一夜。

从干校回到北京后，“我们仨”共同度过了一段悠长的时光，人事翻覆，不变的是一直相亲相爱的“我们仨”。

钱钟书与杨绛，早已韶华不再，此时的他们，已出走半生，无锡的景致早已零落在梦与回忆的裂缝中，不想起，难追寻。

曾经新婚燕尔，双渡英伦前，钱钟书的父亲曾将钱钟书的命书交给杨绛。命书上说，钱钟书妻小一岁，命中没有儿子，还断言钱钟书只能活到68岁。

这件事，钱钟书自己不信，他也不很在意自己的生日和年纪，杨绛从小接受的是开明教育，对这件事也并不留意，但转眼间，钱钟书“一去料不返”的日子，已经来到眼前。

对于自己的“死期”，钱钟书的印象很模糊，他甚至连《围城》英译版中说他生于1911年的错误，也看不出来。

1978年，68岁的钱钟书仿佛是被命运提醒，莫名地问杨绛：“我哪年死？”

杨绛明知命书所记，却哄骗他说：“还有几年。”

到底几年，钱钟书也不深究。在他的记忆里，杨绛总是可信的，她说没事，就一定不会有事，她说可以解决，就一定手到擒来，她说还有几年，那一定是还没有到时间。

就这样又过去几年，钱钟书早已将命书的事忘在了脑后，再没提起过。

忘记自己年龄的人是幸福的，因为如此一来，衰老与死亡的阴影就总在遥远的彼方，隔着时间的河川，被阻挡在忙碌、规律的生活之外，被遗忘在相随多年的爱好之中。

三里河的时光是平静而温馨的，当时钱瑗已经再婚，偶尔回三里河小住，在无人拜访的日子里，“我们仨”还像许多年前那样，一起读书，用最熟悉的陪伴细数无边的日子。

伴着书香，钱钟书与杨绛都在慢慢变老，静好的岁月，是安享的幸福。这里的日色漫长，人影也在斜阳中被拉长，时间仿佛因为充实而更显悠长。颠簸了半生之后，北京三里河，便是“我们仨”的归所和故乡。

人若飘零久，他乡亦故乡，因为重要的回忆都发生在那里，因为重要的人总在身边，所以无论离开故乡多远，走过多少坎坷长路，经历了多少风雨凄凉，最终让人停下脚步，如旅雁落地，悄然歇息的地方，便是这一生最终归去的故乡。

至于命数，一纸薄言，何必惴惴，无需忌惮，忘却便好，因为每天都是新的一天，同时也是包含着回忆的前一天的延续。

从此，你与我，无生离，只死别，相守在一方天地里，日夜更迭，老去的只有皮囊，累积的除了渐深的皱纹，还有早已融入生命的习惯。感情也好，精神也罢，都停驻在分分秒秒的相伴中，宛若青春年华，仿佛初见那时，永葆新鲜与活力。

读书种子

人间最快乐的事是得偿所愿。有了愿望和期许，生活才因此变得有希望，当愿望和期许得到满足，生活便充盈着快乐与美好，仿佛每一朵花、每一片叶都在高歌，仿佛每一缕阳光都明艳炽热。

钱钟书与杨绛的女儿——阿圆，圆圆，钱瑗，钱健汝……她是“我们仨”中最小的一员，却是最大的焦点，是父母爱的焦点。她是钱钟书许愿得偿的结果，她是像杨绛的女儿，正因为有了她，他们的家，才是“我们仨”。

她出生在牛津，跟随父母冒着战火回国，一次航行便瘦得可怜，再加上从小体弱，生病仿佛成了家常便饭。

6 岁那年，钱瑗读小学一年级，她很喜欢学校，但去了一两个星期便病倒了，第二年复学，只坚持了一两个月，便又病了。于是她的小学课程，只能由杨绛在家指导。

1947 年，年仅 10 岁的钱瑗患上骨结核，听医生说无药可医，懂事的她哭着对杨绛说："我要害死你们了。"

所幸的是，当时抗战已经结束，随着生活的好转，药品和营养品也变得丰富起来。为了多休养，10 个月的时间，钱瑗几乎都是在床上度过的。

为了补上课业，杨绛用了 3 个月时间为她补习算术。1948 年夏天，钱瑗到拉菲德路钱家对面的民立中学，成功通过了入学考试，成为一名 11 岁的中学生。

1948 年 7 月，钱钟书祖父百岁冥诞，钱瑗跟着父母和钱家人回到无锡，在七尺场的钱家，她并没有找寻到父母新婚的痕迹，却收获了"钱家读书种子"的称号。

11 岁的她，因为不愿和院子里吵吵闹闹的孩子一起玩，躲进了厢房一个人看书，钱基博老夫子午睡醒来发现正在看书的她，便问她是谁，又询问读过什么、学过什么。

得知她已经读完《西游记》《水浒传》等小说，正在读译作文言的外国小说，老夫子吃惊之余，大加赞赏，说："女孙健汝乃吾家唯一的读书种子。"

于是，钱瑗不再只是钱钟书与杨绛的骄傲，也成为祖父的骄傲，这颗小小的读书种子，虽然体弱，却依旧能经风历雨，身体上的苦难总能在书籍的海洋里得到洗涤，总能在前人的精神世界里求得慰藉。她的快乐与父母相似，因为有书可读，因为有家人相伴，“我们仨”的生活，有她重要的一角，与钱钟书、杨绛的凑在一处，合成稳稳的幸福与圆满。

生年坎坷

儿女与父母的相似，不仅止于长相，因为多年的相随相伴，更为相似的，是他们的性格。人们在他们身上，总能看到他们父母的影子，他们是真实的影子，是从父母的人生中走出的最好的作品。

1949 年，钱瑗跟随钱钟书和杨绛回到清华，此时的她已经读完初一，但她年龄太小，想在北京入学只能从初一重读，杨绛觉得那样浪费时间，更担心她再生病，于是决定让她在家学习初二、初三的课程，到时直接报考高中。

那时的钱瑗只有 12 岁，却已经从原来的瓷娃娃长成了懂事自立的小大人，她会在大雪的冬日，在阿姨不在的傍晚替杨绛清理煤堆里的猫屎，会陪伴怕走夜路的杨绛到同事家一起听音乐唱片。

闲来无事时，她和父母一样喜欢“探险”，工字厅、古月堂、气象台、荷花池，她说在这里，最美的景致是“水木清华”。她会因为沉迷练琴而耽误了写字，也会因为被父母发现后训斥，痛下决心绝不再犯。

休学在家期间，初二、初三年级的数学、物理、化学、英文，都是杨绛教她，周末时，钱钟书会批改她的中文和英文作文。到后来，因为数学越发复杂，杨绛便让钱瑗试着自学。

1950 年秋，在父母护送中走上自学之路的钱瑗，以代数满分的成绩考入贝满女中，离开家到城里住校读书，之后又考入北京师范大学俄语系，毕业后留校执教，先教俄语，1966 年转入英语系。

没有人想到，钱钟书当年痴痴的愿望，真的在钱瑗身上一天天实现。她像母亲，性格果断而干脆。一次，北师大的学生来家里玩，晚饭时阿姨问做鸡还是鱼，钱钟书和杨绛让钱瑗决定，钱瑗毫不犹豫地答：“做鱼。”惹得大家都笑起来，钱钟书更是说，他们的钱老师像个铁娘子。

就是这样一个小小的铁娘子，经历了幸福而短暂的婚姻，熬过了爱人自杀的锥心痛苦，渡过苦难的激流，不止因为她的坚强，更有父母的陪伴与支持，因为“我们仨”一直是最亲密的家人。

1974年，钱瑗与杨伟成组建家庭，成为两个孩子的继母，她带给孩子们温馨的周末回忆，从北师大到灯市口，一路走一路买，凉面、牛肉、羊肉串、牛肉馅饼，还有精致的西式点心，她会和继子女一起讨论电视剧的情节。仿佛父母对她的呵护与尊重，让“我们仨”的幸福延续到新家之中，她的用心，让这个家成为更幸福的整体。

1978年，钱瑗以第一名的成绩取得了公派英国留学的机会，9月12日，她离开家，开始了自己的留学生涯。原本说好只去一年，到了英国，又要延长一年。

父母在，不远游，游必有方。即便已有归期，远方的女儿依旧是钱钟书和杨绛最深的挂念。书信缓慢，二三十天才得一封，每每收到女儿的信，便是值得欢庆的节日。

两年寒暑，钱瑗终于回来，“我们仨”团聚了，即便她有了自己的家庭，有了自己的子女，有父母的地方，也依然是她的家。

即便只是偶尔回三里河小住，也是快乐的，因为一家人只有在一起，才算真正的圆满，少了任何一个，“家”字都不可能再写好。

相依为命

岁月的长河冲刷着人生的堤岸，留下有情的圆石小滩，也留下残忍的裂缺侵蚀，那些曾经停泊在码头的小船，也在一次次的浪潮涌动中悄然松散，有的断了缆绳，随波远走，有的慢慢老旧，渐成陈迹。

于是人们分离了，因为很多知道的不知道的原因，于是人们失散了，不管他们愿意还是不愿意。

当生命的衰老来到眼前，理智的人总能平静面对，钱钟书和杨绛总说自己的身体就像红木家具，外观看上去既结实又漂亮，实际上却是零散部件，胶水粘连，经不起时间的碰触，随时都会散架。

1993 年春节后不久，钱钟书入院检查，并在 3 月 5 日进行手术，取出输尿管中的肿瘤和一个已经坏死的肾。住院两个月之后，钱钟书回家了，但那时候杨绛的身体也开始出现问题，冠心病、高血压、主动脉硬化，让她只觉得头晕到天旋地转，走路如腾云踏雾，于是两人只好一同服药。

钱钟书与杨绛谁都不说，但他们都知道，两人已似风烛草露，他们开始一起整理选定从前的诗作。两个人一起读，一起推敲，一起修改，杨绛抄写，钱钟书校对，终于有了属于他们的《槐聚诗存》。

那时的钱钟书感觉很好，他甚至兴致勃勃地对杨绛说："咱们就这样再同过10年。"

杨绛却脱口而出："你好贪心啊！我没有看得那么远，三年、五年就够长的了。"

也许是被杨绛的理智提醒，也许是原本就知道未来的时日不多，钱钟书的焦虑和失落难掩，他开始学着自己系表带，大约在夜深人静的时候，回忆起曾经艰难岁月中杨绛的聪慧从容，也会难过地想到，他们的家若是真的少了杨绛，要如何继续下去。

这段时间，钱瑗一直住在三里河，只有周末才回位于西石槽的婆婆家去。她会研究新奇的菜谱，为父母讲外面的趣事，她是钱钟书和杨绛病中的陪伴和安慰，更像是暖暖的阳光，照着他们小小的家，也照亮了他们曾经相依为命的回忆。

彼此深爱和疼惜的人，总不愿对方受苦，杨绛知道钱钟书一生拙手笨脚，她总担心若没了自己，钱钟书无法照顾自己，所以她一直希望钱钟书能走在她前面。

可是，当这一天真的即将来临时，却有着教人无法言说的痛苦滋味。

1994 年 7 月 30 日，杨绛迎来自己 83 岁的阴历生日。那天晚上，钱钟书突然发起了高烧，为了给母亲庆祝生日，钱瑗也刚好在家，于是母女两人将他连夜送到医院。

起先的诊断是肺炎，后来又检查一番，查出膀胱癌……从那天晚上开始，钱钟书缠绵病榻 4 年，再也没能回到他们位于三里河的小家。

那时，钱瑗工作很忙，每周只能去探望一两次，每次见到女儿，钱钟书总是特别开心，若钱瑗走得比平时早，他便会生气地阻止说没到时间，之后再过几分钟，到了时间，他便对女儿说:“走吧。”无需看表，他的时间总算得那么准，钱瑗常开玩笑地说父亲是“灵童”。

即便是“灵童”，也无法看清，更无法改变自己与他人的未来，当病痛与衰弱逐渐逼近，“我们仨”都明白，分别的日子不远了。这一次，钱钟书是真的要走了，之后的日子，只剩下杨绛与女儿相依为命。

她没用了

安葬父母，子女之责。我们总以为年长的一定会先故去，年幼的一定会将他们的生命延续下去，可是这世上依旧有那么多白发人送黑发人，有那么多痛断人肠的死别。

钱钟书病情严重，一家人的心情都少了阳光，但“我们仨”都不会想到，他们的分别来得如此仓促，更令人始料不及。

1995 年春夏，钱瑗开始咳嗽，她咳得非常厉害，之后又开始腰疼，那时的她是北师大的博士生导师，又在北大、北外兼课，还有社会工作要忙，为了省时间，钱瑗没有去大医院认真检查，而只是到校医院开了些药。

认识她的人都说，她的病是累出来的，因为她对工作太尽责。为了躲避城里的高峰堵车，钱瑗每天早起早走，回家不是电话问答，便是备课到深夜，熬夜后的清晨，她匆忙到穿不成双的鞋子出门赶路，到了学校才发觉。

她总说自己“心力交瘁”，可是当别人劝她工作应该张弛有度时，她却只能笑笑，说自己“骑在虎背上”。钱瑗的身体并不强健，不知不觉中，超负荷的工作慢慢地吞噬了她原本不多的健康。

1996年1月，钱瑗已经腰疼得起不来床，她没有告诉母亲，而是打电话向学校求助，北师大派了一名博士生带着司机将钱瑗送到医院。

这一走，她便再没有回来。先查出的是骨结核，脊椎三节病变，再查下去，确诊为肺癌晚期，但这个结果，钱瑗不知道，杨绛也不知道，只说她这次患了特别厉害的骨结核。得知只是骨结核，钱钟书也松了口气，说着坏事变好事，这下就能卸下工作的重担了。

化疗的过程很痛苦，但钱瑗非常配合，她想早些出院，早些回家陪伴母亲，更要陪伴父亲为时不多的岁月。可是，治疗的效果却微乎其微，她的头发掉光了，身体也越发衰弱。

她只能平躺在病床上，只能每晚与母亲通电话报平安，她从不说病情，即便因为肺功能衰弱长期吸氧，因为躺得太久背上生满褥疮，都只字不提，也不让母亲探望。

因为钱瑗的病一直不见好转，钱钟书特意在病床上给女儿写信，钱瑗回信汇报说自己情况尚好，可以躺在床上慢慢平移。

她病得很重，却还央求母亲把一直想写的《我们仨》

让给她，她平躺在床上，架着一块写字板，仰卧着写。12篇回忆，第一篇便是《爸爸逗我玩》，她的字是歪扭的，回忆却异常美好，那些美好，她想要全都写下来，留成一家三口人最温暖的纪念。但最终，她只写下5篇，便再无力气动笔。

1996年11月，医院发出病危通知，女婿不得已将钱瑗的真实病情告诉了杨绛。

钱钟书已经病重，女儿危在旦夕，杨绛无论如何不敢将实情告诉钱钟书。1997年的春节，钱瑗写给父亲的信语气欢快，丝毫不见病痛的折磨。那时的她已经吃不下东西，却还是躺在床上让阿姨给杨绛写简易方便又有营养的菜谱：牛肉汤+胡萝卜+芹菜+西红柿+番茄面，猪肉汤+莴笋块或芥菜心+菠菜面……

她已经知道留给她的时间不多，年迈的母亲成为她唯一的牵挂。在一次电话里，她遗憾而歉疚地说："娘，你从前有个女儿，现在她没用了。"

"她没用了"，因为她不能守在父母身边陪伴照料，因为她终将率先离开，让年迈的父母独留人间，白发送黑发。

1997年3月3日，钱瑗提出想见母亲。如今早已白发苍苍却依旧坚强如初的杨绛，在离开前对她说："安心睡觉，我和爸爸都祝你睡好。"

第二天下午，安睡中的钱瑗，心脏停止了跳动。

女儿走了，先父亲一步，被病魔夺走了。杨绛的痛已经无法形容，那个像她的女儿不见了。她一直是钱钟书与杨绛生平最好的杰作，离开的时候却悄然无声，宛如白驹过隙，再无踪迹。

第五章

回首：故事里，我一个人怀念『我们仨』

时间从没有尽头，我们的缘分，却断裂在时光的急流中，找不回，忘不掉，纵然心成灰，眼蒙尘，依旧清晰如昨，只因已逝的人，活在活着的人的记忆里。

何曾道别，这不过是新的开始

明月雪松

风华谢幕，还记得携手几程风雨、几程艳阳，如今却只在依稀梦中。我们都知道相聚伴着别离，也清楚爱越深，分离便越痛，可是，那样的痛，终是无悔，哪怕泪干涸，肠寸断。

钱瑗在自己的遗嘱中已经说明不留骨灰，可是活着的人总希望留下亡者的分毫，即便所爱所想之已无真实的存在，即便只是一种思念的寄托。

北师大外语系的师生因为实在不舍，于是将钱瑗的一部分骨灰带回了他们的校园，在她曾经读书、执教、结婚、生活过的母校，在她生前每天走过的路上，选了一株雪松，带着无比的怀念，将她的骨灰埋在了树下。

家之所以是港湾，并非因为居住的房屋能遮风挡雨，而是因为有你、有他、有孩子，便有坚持下去的力量，无论什么样的困难，只要能守在一起，便无所畏惧。儿女从来都是父母屹立不倒的理由，只要被需要，他们随时都在。

就像是高而厚的墙，护着藏在中心的宝贝，坚不可摧，无人可破。可是如今，在“我们仨”的小家里，那最贵重的宝贝遗失了。

钱钟书和杨绛的圆圆，被命运毫不留情地生生挖走了，从此，家的墙，中间空了，无需凄风苦雨，它晃了晃，便转眼倾塌，再无痕迹。

那些曾经为了女儿的努力与坚持，已经失去了安放的地方，也只有在这时，身为母亲的杨绛才真的感觉到了疲惫。

杨绛一直没有把女儿去世的消息告诉钱钟书，但钱钟书似乎早已知道，就在钱瑗病危后的第 8 天，他还对着杨绛的背后大喊“圆圆”，要她回家。当杨绛问起让女儿回哪个家，三里河还是西石槽，钱钟书却说，那些终究不是她的家，要她回自己的家去。

从那天起，同时是父亲也是“好哥们”的钱钟书再不提钱瑗，他仿佛早已看到他那可爱活泼的女儿，那个最像爱妻的女儿，已经悄无声息地转过身，离他们越来越远，回自己的家去了。

失去女儿后，又过了近百天时间，杨绛一个人来到北师大，悄悄找到埋下女儿骨灰的那株树，在旁边坐下来。

因为哀痛，她并没有参加女儿的遗体送别，母女两人的道别，停在了“好好睡”，也停在钱瑗回应给她的那个很美的笑容里。

往事一幕幕，相伴 60 载的女儿，如今寂然无声，她不会再回应母亲的呼唤，也不会仰着脸盼望忙碌的母亲陪她玩耍，她的骨灰就埋在树下，但她的人不在这里，杨绛明白，她的圆圆并不在树下，但她却不知道圆圆去了哪里。

苏轼的悼亡词里有“料得年年肠断处，明月夜，短松冈”，而对杨绛来说，北师大校园里的那株雪松树是“从此老母肠断处，明月下，长青树”。

明月下，雪松底，骨灰一捧，静卧听风。曾经那个乖巧可爱、体贴暖心的阿圆已经与钱钟书和杨绛失散，在滚滚的尘世间，失了踪影。她与他们的两代前缘，彻底尽了，从此，女孝母慈父顽皮，相逢只在怀念中。

老来为伴

有些事，有些伤，言语无法说明，更无法传递，失去的痛苦，并不在于失去的那个瞬间，而是从今以往，你的世界里，再找不到那个人。那些重要的回忆，终于成为你的回忆，而手里的风筝断了线，飘飘摇摇地消失在云里雾里，再无归期。

1997年夏，香港即将回归，而离钱瑗去世已经过去4个月了。那段时间里，钱钟书的身体状况相对平稳，杨绛也不愿久瞒，她开始小心翼翼地将女儿去世的事暗示给钱钟书。

一个星期的时间里，杨绛一点一点地告诉钱钟书，“圆圆现在没病了”“她不咳嗽了、能安眠了”“她没痰了”……她甚至比钱钟书还舒服。

世间夫妻，老来为伴，因为懂得，所以慈悲，因为了解，所以疼惜。从杨绛第一次开口，钱钟书便明白了。他明白，杨绛终于不再费力编造，而是打算如实说了。

第七天时，“她已去了”，轻轻四个字，却有天塌地陷的力量。钱钟书的体温立即升高，手也变得烫起来。他其实早已知道，一直不无忧虑，如今，心痛，却也心安了。

此时的钱钟书，因为药物的副作用已经不能正常说话。杨绛试着安慰他，对他说：“阿必也是3月4日去世，8日火化的。”

钱钟书只是点头，仿佛认同杨绛的说法，他们最可爱的女儿是被最小的姨妈接走了。

他不能说什么，却全都看在眼里，杨绛的痛苦，杨绛的沉默，还有女儿突然断掉的音信。照顾他，杨绛已是筋疲力尽，瞒着他，杨绛几乎心力交瘁。

从年轻时杨绛便照顾着钱钟书的生活，在两个人都已近九旬的高龄，她依旧照顾着他。钱钟书因为牙床萎缩，只能将泥状食材混上骨汤，用管子通过鼻腔输进胃里。医院的食浆里混着钱钟书不宜食用的猪肝和豆粉，所以他用的食浆，是杨绛亲自做的。

一次值夜的护工请假，杨绛亲自陪护。钱钟书见杨绛晚上也留在医院，笑得像个孩子一般开心。整整一夜，杨绛都要按着钱钟书的手,防止他睡着后拔掉管子。一夜辛苦,累得她直接被医生推走进行抢救。

可是，即便体力透支，她也不肯回家休息，因为钱钟书在哪里，哪里就是她的家。

时光总匆匆，回忆却从不辜负爱人，曾经携手走过的岁月,如今皆是美好。因为钱钟书无法说话,两人在一起时,总是杨绛低声絮语，那些小时候的快乐往事，那些年共同经历的趣事，中文的，英文的，无锡家乡话的……

如果语言是一首歌，那么属于钱钟书和杨绛的歌曲一定漫长悠然。歌曲里有故乡的风景，有年轻的浪漫，有多年的相知相随，有阳光暖风、花开水净；歌里没有病痛、没有苦难、没有哀愁，只有他们两人，相依相守。

在钱钟书住院期间，三联书店希望为他出版全集，几经要求，钱钟书才同意出版《钱钟书集》，全集的序由杨绛代写。

知钟书者，杨绛是也。她写出了最像他的序言，笔墨落下，字字句句，全是她对他一生的了解与懂得、尊重与欣赏。

曾记否，春风锦绣，红颜桃花，才回首，夕阳晚照，人已迟暮。有幸是我，那一年，识你豆蔻年华、风华正茂，还好是你，到如今，伴我海晏河清、白首余生。

以死相别

爱你的人愿你活得久一些，久到能看遍世间的所有美好，欢喜与快乐永存心间；爱你的人，愿你活得短一些，短到让他恰好能为你送行，免你忍受离别苦痛。

失去女儿后，杨绛的生活里只剩下钱钟书和她日渐消瘦的身体。看着缠绵病榻的钱钟书，杨绛忽然懂得了小时候她父母的一番对话。

每每说起生死，母亲会说：“我死在你头里。”

父亲却说：“我死在你头里。”

母亲想想，竟果断地同意了，她说：“还是让你死在我头里吧，我先死了，你怎么办呢？”

死亡从不遥远，它能轻而易举地将彼此相爱的人分开，我们既无福同日生，又无幸同日死，那么甘愿留下的那一个，注定是更坚强的人。

1998 年 11 月 20 日，在北京医院 311 病房里，钱钟书度过了88岁生日。这是他人生中的最后一个生日，距离命书上的寿数，他足足多活了20年。

12月初，病情一直平稳的钱钟书突然发起高烧，专家会诊多次，想尽方法退烧，高烧却依旧不退。去世前，钱钟书一度昏迷，在短暂的清醒中，他对杨绛留下一句："绛，好好里。"

这是他留在人间，留给杨绛的最后一句话，弥留之际，钱钟书放心不下的，依旧是相伴多年的妻子，他希望她在之后的日子里，好好地过下去，哪怕只剩下她一个人。

12月19日凌晨，杨绛接到医生通知，她赶到床前时，钱钟书已经弥留，只有一只眼睛没有合好，杨绛为他合上眼，俯在他耳边轻声说着："你放心，有我哪！"

仿佛是每一次钱钟书"闯祸"后的安慰，仿佛是生活中最寻常的一件小事，这是他们最为日常的对话，也是持续了漫长一生的对话。

在与病魔抗争一千六百多个日夜后，钱钟书溘然而逝。这一次，钱钟书重新履行了自己的誓言，他们不曾生离，惟有这最后的一次死别，是无可挽回的分离。

钱钟书去世前就曾提出要求："遗体只要两三个亲友送

送，不举行任何悼念仪式，恳辞花篮花圈，不保留骨灰。”

他的丧事一切从简，北京医院的告别室里，没有挽联挽幛、鲜花哀乐，只有最简单的凭吊仪式，钱钟书穿着生前很喜爱的、由杨绛亲手织成的毛衣，躺在简易棺椁中。

火化前，杨绛默默地看着钱钟书，身旁的人劝她离开，她却平静而固执地答：“不，我要再站两分钟。”

她不曾流泪，因为钱钟书不喜欢别人哭他，她只是看着，一直看着火化炉，直到很多人都走了，她还在那里看着，舍不得离开。

没有流泪，不是因为不心痛，没有哀嚎，不是因为不肠断，她只是将一世的深情在那一刻沉淀下来，那无法言表的悲痛，最终都落成平和的岁月，伴着回忆浅眠安睡。

能走在钱钟书身后，是杨绛的愿望。钱钟书一向“拙手笨脚”，她又怎能放心让他一人独行世上？一辈子的相守，到最后，她也要将他好好地送走，而痛苦的担子由她来挑，外面的风雨，由她抵挡。

生死两隔，孤雁悲鸣。从此，“我们仨”变成她一人，慢慢地行走，慢慢地回想，慢慢地纪念。

收脚印的一个“零”

打扫现场

所爱的人都已远去，活着的意义便不再是朝夕相伴、茶饭菜蔬，也不是抱着回忆终夜难眠，而是珍藏起曾经一同拥有的过往，打理被遗落满地的现在。

幸福的“我们仨”被命运的手拆散了，三里河的寓所已不能再称为家，而是变成了杨绛人生旅途中的一个容身之所。

那饱含着温暖与回忆的家，早已随着钱瑗和钱钟书的离开跌进了过去。

在经历了痛彻心扉的人间磨难后，杨绛的坚强与理智再一次迸发出来。钱钟书从这世上逃走了，她也想逃，逃得远一些，逃得干净利落，但是，她能逃往哪里呢？

她希望钱钟书先她而去，就只是为了料理他的身后殡葬事吗？

能够先一步离开的人，有时是幸运的，而留下的那个人，总要在孤独的生活中，认真收纳相伴岁月里所有的珍藏。

留在人世间的那个人，要打扫现场，就像一次搬家，总要有人清点行囊，总要有人最后一个离开，尽职尽责地检查一圈，确定没有遗漏重要的物品、没有留下垃圾，再转身离开，锁好门，完成对曾经的告别。

杨绛，便是“我们仨”之中，那个打扫现场的人。

每个人都不会知道，未来的自己将会遭遇什么，但当未来已来，而我们回顾过往，惊觉曾经说过的话，曾经做过的事，就像一个预言，照见之后的人生。

当年在清华研究生院读书时，她曾经在朱自清先生的《散文》课上交过一篇名为《收脚印》的习作，说的是人死后都会有“魂灵儿”，“魂灵儿”会回到人间，沿着自己曾经走过的路，山一程，水一程，慢慢回溯自己的人生轨迹，慢慢收着自己的脚印，等到脚印收好，在人间的痕迹也被全部抹掉，亲人朋友的伤痛和想念也会渐渐变淡，因为那些脚印也被偷偷且小心地收回去了。

写下这篇习作时，钱钟书与杨绛订婚不久，志趣相合，书信缱绻，在杨绛阳光的思想里，对于亡者与死后的世界，更多的是一种遐想。

60 多年后的杨绛，仿佛成了自己作品中的亡者，不同的是，她收的不是自己的脚印，而是钱钟书的，是他们共同的脚印。在一生的相扶相搀中，在一路的风雨飘摇中，他们留下的脚印，如今只有杨绛一个人来收，尚存于人世的，也只有她一个人收得走这些脚印。

那些未完成的心愿，由杨绛代为完成，那些未完成的事业，由杨绛代为开创，那些来不及感受和体会的人和事，那些来不及诉说和倾听的好与坏，都由她来承接。

“我们仨”一起生活过的人间，“我们仨”一起写就的生活画卷，“我们仨”存在过的生动现场，如今都由杨绛一个人精心打扫，以一个人的声音，以“我们仨”为名，向美好的人间做最后的告别。

钟书手稿

无论别人怎么想，只要是他的，她便认为是值得的，这不只是爱情，更是多年的深情与理解，这便是钱钟书与杨绛的感情与牵绊。

独自留下的杨绛，完成的第一个任务便是整理钱钟书的作品，将它们集结出版。

2001年，全集13册的《钱钟书集》出版；2003年，《容安馆札记》影印出书，书名依旧由杨绛题写，《钱钟书手稿集·中文笔记》与《钱钟书手稿集·外文笔记》也相继出版；2005年，《宋诗纪事补订》问世。

这些书籍，都来源于钱钟书的笔记。做笔记的习惯，是钱钟书在牛津大学读书时养成的。因为那里的书籍和清华不同，从不外借，更不准在书中留下任何痕迹，所以只能带着笔记本和铅笔，一边读，一边记笔记。

钱钟书做的笔记很多，用的时间也比读书更久，因为生活颠沛，钱钟书和杨绛的藏书并不多，读书以借为主，书要还，笔记却是属于自己的财富。

那些笔记从国外回国内，从上海到北京，从一个宿舍搬到另一个宿舍，铁箱、木箱、纸箱、麻袋、枕套……仿佛是勇敢骑士的一场流亡，有一部分甚至字迹模糊、纸张破损。还有很多笔记，当钱钟书归还了书籍，便随手将它们送人了。

钱钟书在世时，总喜欢翻阅自己的笔记，还会读些精彩的片段给杨绛听，但是，当杨绛提出要修补破旧的笔记时，钱钟书却说笔记有些都没用了。

如今，那些手稿经过多年颠簸，已经发黄变脆，有些甚至已经拿不起来，杨绛将钱钟书的手稿一张张小心地揭开，再夹上纸条分页，最后清点时，数量竟有 7 万多张。

他的手稿有三类，第一类是外文笔记，包括英、法、德、意、西班牙、拉丁文数种语言；第二类是中文笔记，与日记混在一起写，后来经历改造，担心检查日记，钱钟书便用小剪子剪掉了日记，剩下页数散乱、内容支离破碎的笔记；第三类则是读书心得，内容从古到今，中外通收，繁杂而丰富。

钱钟书非常节省，无论用多大的一张纸，他都会写满，一稿写得很规矩，补充和添加时就扯一条线到边上，用很小很小的字添补，位置不够时，他会顺着空白处不断延伸，常常要将纸张转来转去才能读得通顺，而笔记上不同颜色的记号、重叠的文字，都极难辨认。

杨绛不懂德文、意大利文和拉丁文，所以将外文笔记的翻译任务交给《围城》的德文翻译者、德国汉学家莫宜佳博士，她自己整理中文和中英文混杂的残破笔记。

残破的手稿，剪刀、胶水，年近 90 岁的杨绛累得熬红了眼睛，却不愿停下来休息，她说自己来日不多，总怕一切来不及。

整理手稿的工作无疑是辛苦的，但对于杨绛来说，面对手稿上熟悉的字迹，细读钱钟书风趣的评语，想起的，都是他们当年的好时光，那些散步时的谈古论今，那些书信里的点拨探讨，一切如昨，仿佛故人犹在，年华未老。

即使钱钟书已经不在，她仍然能通过他留下的数量庞大的手稿、内容丰富的笔记，再一次走入他的内心，在精神的世界里与他重逢，与他相伴。

那些在钱钟书看来“没有用了”的手稿，终究还是有了用处。

版权基金

欣赏你的人，不愿让你的成就被埋没；了解你的人，不愿让你的善良被误解；而真正爱你的人，希望你的每一份耕耘都有收获，每一份付出都有回报，每一份优秀都能为人所知，每一份精彩都有应得的掌声与赞许。

死者如生，生者无愧，这是杨绛一直追求的，她希望凭借自己的努力，让钱钟书遗留下的精神财富成为学术殿堂中的一砖一瓦，只有这样，她才能无愧于人，无愧于己。

那些费力编撰的文集，并没有成为杨绛孤身生活时的经济来源，而是以奖学金的形式被捐赠出去。

按照之前与钱钟书共同商议的决定，杨绛回到清华母校，设立了“好读书”奖学金。命名为“好读书”，一是希望获得奖学金的学生能勤苦治学，发奋读书；二是因为好读书是钱钟书与杨绛共同的、持续了一生的兴趣，正因为爱读书，他们才能走到一起，才能相伴终生。

2001年9月7日，“好读书”奖学金捐赠仪式在清华园里举行。发言时，杨绛说:“这次是我一个人代表三个人说话，代表我自己、已经去世的钱钟书和女儿钱瑗。”

她捐出了钱钟书和自己在2001年上半年获得的全部稿酬，共计72万元，并宣布之后出版作品的全部版税，都捐赠给母校教育基金会。

全部版税，意味着从此之后，无论钱钟书和杨绛的作品售出多少册，收入多少版税稿酬，杨绛都将分文不取，全部捐出。

事实上，从基金会成立开始，钱钟书和杨绛作品的稿酬便不断增长，“好读书”奖学金的金额也越发庞大。

在广大的人群中，善意的声音总占多数，但着眼于小小的人际群体，便会出现不同的声音。在社会各界为其赞扬的时候，杨绛的一位邻居就很不解地评价说：“她傻不傻啊，捐出去的钱都够买套别墅了。”

杨绛得知后，只是淡淡地笑。

别墅吗？她孤身一人，买来何用呢？或许人活世上，当珍视的都已失去，当期待的再无可追，活下去的理由便越发简单，那些“形而上”的追求，是埋首现实的人无法懂得的。

曾经的钱钟书与杨绛，都是“家中无奢侈，惟有书与桌”的爱书人，如今“我们仨”已是天各一方，别墅、金钱、个人的荣誉，又有什么意义？

再好的住所，再奢华的环境，也不过是漫长生命旅途中的一所驿站，暂将停歇，以待登程，没有了“我们仨”，这世间，便不再有家。

总有些事，我们放不下，忘不掉。放不下的，是手掌中已握紧的，忘不掉的，是心门里被锁死的。

若能放开手掌，那些放不下的就会成为指间流沙，如水一般缓缓泻下，沉落在地上，做美丽的图画；若能敞开心扉，那些忘不掉的就会成为出笼青鸟，如风一般振翅飞远，回溯到梦中，送思念的信笺。

她辛苦数年，所图所求的，从来不是名利双收，她要的，不过是钱钟书这个名字能被后人铭记，她要的，是在无数个失眠浅睡的半梦中，无愧于自己的精神爱侣、人间良伴。

拼却身骨

世间事，有不如意者，十之八九，这便是现实，而愿你事事顺心如意，从来都只是美好的愿望。愿望总难成为现实，所以美梦成真，才那般珍贵。

打扫现场，有时遇见的，未必都是值得怀念的事，也未必都是开心的事。

2013 年 5 月，一家拍卖公司发布公告，称公司将在 6 月举行钱钟书、杨绛、钱瑗的书信及手稿拍卖会，参卖作品共计 110 件。

与什么样的人互通书信，才能如此集中地将“我们仨”的书信和手稿汇集在一起？那时的钱钟书与杨绛已经被人们视作文学泰斗，这条拍卖公告瞬间引起了广泛的关注。

即将拍卖的书信，大部分是“我们仨”与香港《广角镜》杂志总编李国强之间的来往信件，但因为内容涉及到一些个人隐私，这些书信并不适合公诸于众。

听闻这个消息，杨绛立刻打电话质问李国强：“我当初给你书稿，只是留作纪念；通信往来是私人之间的事，你为什么要把它们公开？”她在电话里很强硬地指出：“这件事情非常不妥，你为什么要这样做？请给我一个答复。”

电话里，李国强答应给杨绛书面答复，但信件即将拍卖的消息一直没有中断。终于，已是 102 岁高龄的杨绛亲自出面，将这件事诉诸于法律。

对杨绛来说，私人书信的拍卖，绝不只涉及金钱与个人利益，这背后是关于信任、关于隐私权和法律权威的重大事件，个人的隐私、人与人之间的信赖以及多年的感情，难道都可以作为商品去交易吗？

她不能理解，也不想理解。在杨绛的强烈反对和学术界同仁的支持下，那场拍卖会最终被迫取消。

当一切尘埃落定，人们才意识到，杨绛——这位已经年过百岁的老人，平时总是笑脸相迎、和气待人的老人，从未改变。她那继承自父亲的直率与勇武，从未曾因为岁月的侵蚀而衰减褪色，温婉平和的，只是面对生活的态度，凛然而不容侵犯的，却是立身于世的根本。

钱钟书与钱瑗，是杨绛最深的怀念，也是她最拼命想要捍卫的珍宝。她怀念钱钟书，也怀念钱瑗，而这种怀念恰恰成为一种动力，让她汲取力量，在他们相继离开后，用自己的方式，以一种拼却身骨犹不惜的勇猛和决绝，用尽全力，继续守护着“我们仨”，守护着这个家。

因为孤身一人的她，再没有什么可以失去。

在 1991 年，钱钟书曾经提笔为杨绛构思中的小说人物写下了七首情诗，其中一联“梦魂长逐漫漫絮，身骨终拼寸寸灰”，仿佛一语成谶，一字一词，写尽了杨绛的独行。

送别至亲，她孑然一身地留在世上，整理遗稿、打扫现场，以一种独特的方式延续着对钱钟书的照顾，以及对钱钟书和钱瑗的爱和思念。

在“我们仨”失散之后她便成为一个“零”，所有的记忆都是他们，所有的努力都为了他们，所有独自走过的生活都是“我们仨”幸福安稳的延续。

悄悄打包的记忆

回忆鲜活

我们总无法记住很多事，时间越久，印象越淡，那些片刻的温馨与欢乐、感动与泪水，总那般琐碎，无力捡拾，无法收纳。

可是，回忆总能在笔端鲜活，写作，从来都是记录情感最好的方式，无论怎样的经历，只要将它写在纸上，无论是美好、伤感或是无边的痛苦，都能从心里慢慢走出，附着在纸上，变成一种留念，历久弥新，无论何时读到，都能重回当初。

钱瑗去世后，杨绛悲痛不已，但她还要照顾钱钟书，当痛苦在心底沉积，日渐深重，杨绛忍不住对钱钟书说："阿圆走了，我要写一个女儿，叫她陪着我。"

别人笑我太疯癫，我笑他人看不穿。不会写作的人，永远不会懂得，写一个女儿，要她陪着自己，是一种多么刻骨的哀痛，又是一种怎样深沉的纪念。

离去的人，可以在文字的世界里重新活过来，就像每个虚构的人物，都能在文字的世界里真实地过完他们的虚构人生。

可是，杨绛还来不及写下她的阿圆，钱钟书便撒手而去，又过了 4 年，杨绛在 92 岁时，写出了《我们仨》。

没有浪漫煽情的故事，也没有曲折离奇的情节，杨绛写出的，只是记忆中闪着微光的琐事，她悄悄地点燃心灯，耗着心血，用自己温润细腻的笔法，将自己的女儿写"活"。

书的开篇没有回忆，而是一个长长的梦，一个万里行者的梦，真实如昨，那些在梦里潜藏的、暗涌的、亦真亦幻的"假象"，正是"我们仨"相伴走过的风雨点滴，弥漫在梦境和文字之间的，是杨绛难以言表却袒露无遗的不舍与哀伤。

杨绛曾说，她的一生并不空虚，她活得很充实，也很有意思，因为有“我们仨”。于是，当“我们仨”最终失散，曾经充实快乐的杨绛，便成为行走在路上的黄昏倦客，她不知道家在哪里，失却了亲人，前路迷茫，归途无处，无论行到哪里，都不是心能栖息的地方。

2003 年，《我们仨》出版时，扉页上写着：“我一个人思念我们仨。”

只一句，便说尽所有的疲惫和寂寞、沧桑与无奈，教人心疼，令人叹息。说起《我们仨》，杨绛说，她只是把个人的思念之情记录了下来。但这深切的思念，便已足够引人泪目，因为所有人都看到了她的伤口，所有人都体会过她的痛苦。

这是杨绛对“我们仨”幸福人生的整理，她用自己的笔，将“我们仨”紧紧相偎的岁月牢牢地刻写下来，从此，他们都活在她的书里，成为最美妙的梦境。

她的写作，已经不再是为谁而写，而是成为暮色昏沉中的慰藉，陪伴着自己度过孤单的岁月，抵御思念的侵袭。

曾经的记忆，她已开始悄悄打包，一桩桩，一件件，写成卷章，收入人生的图书馆，她用自己的纤纤细笔，画一条通向回忆的飞虹长桥。这一端，是独守的现世，那一端，是女儿活泼的笑颜，是钟书睿智的神色，是人生中鲜活盛开过的，最美好的风景。

人生边上

走到人生边上，到底是什么感受？当人已垂暮，早知天命，是否深切地明白，某年某月的某一天，未必是特殊日子，一个人便可能一睡不醒，与这个世界作别。

就像是走过人生广袤的原野，走到了尽头，沿着崖边颤颤巍巍地挪着步，不知道哪一步便会滑倒，也不知道哪一步就能踩空，跌落进黑暗的深渊，与欢愉的人间来不及好好告别，便消失在眼前、身边。

至亲先逝的伤痛有多么难熬，杨绛从未提起过，因为言语不足以表达，她的生命已经失去了一部分，一个不完整的生命，一个无法感知全部悲喜的人，又要如何诉说苦难？

也许只有忙碌，能让一颗支离破碎的心沉浸其中，只有奔忙，能让人忘掉自己，在精神上逃离冷酷残忍的现实，逃离这个没有钱钟书没有钱瑗的世界。

钱钟书去世后，杨绛在他为数不多的藏书中几番寻找，终于遇见了柏拉图的《斐多篇》，她决定翻译《斐多篇》。虽然她不懂希腊文，但这样似乎更好，正因为不认识，她才需要花费更多的时间和精力，让她暂时从失去亲人的悲痛中分离出来。

《斐多篇》中记录着苏格拉底就义前与门徒的对话——“真正的哲学家一直在练习死。在一切世人中间，唯独他们最不怕死。”以及苏格拉底在饮鸩之前，对负责处理丧事的人说：“你埋葬的是我的遗体，不是埋苏格拉底。”

灵魂不灭的思想，让迷茫悲痛的杨绛对人生和世界重新进行思考，96 岁那年，她再次提笔，写下《走到人生边上——自问自答》，这本书的书名刚好与钱钟书在 20 世纪 40 年代写下的《写在人生边上》相照应。

当一个人不再期盼未来，那么，过去便是最好的避风港，因为过去的岁月，记得的全是花月静好。此时的杨绛，已经走过一个世纪的风雨，她坦言，自己已经“走到人生边上”，再往前走，就是“走了”“去了”。

因此，她不断想象，当自己真的“走了”“去了”，当她与先逝的亲人重逢，又将是何种情景，在想象的重逢中，她内心的伤痕也被轻柔地抚慰着。

她依旧在写，因为回忆的逆流不会停歇，原本在2004年出版的《杨绛文集》，又在2009年和2014年进行了两次扩充。

2013年，她用一个月时间写出5篇回忆文章：《回忆我的母亲》《三姊姊是我的“启蒙老师”》《太先生》《五四运动》和《张勋复辟》。2014年，《洗澡之后》出版。

在2014年出版的《杨绛全集》序言中，杨绛称自己仍有遗憾，她选读了文科，但直到80岁，才写出一部不够长的长篇小说。

走在人生边上，回顾自己的一生，她受过良好的教育，却没能“少年得志”，也没能像同时代的很多女作家一样，在年轻时便崭露头角，才貌双扬。但钱钟书说她“与众不同”，大约也恰好体现在这里，若心有所属，又何必匆匆忙忙，毕竟，盛名从来无关早晚，众生芸芸殊途同归。

她依旧在写着，精心打包着所有的记忆，在一切还来得及的时候，她为自己备好行囊，随时随地便可踏上与亲人重逢的归程。

深爱的人，终究可以重逢

归隐文字

不是所有年长之人，都能得到年轻人的尊重和喜爱，因为年长只是时间的慷慨赠予，即使一个人不学习不思考，不勤于修身，不沉于钻研，也一样会成为年长的老人，谁都会老去，但只有曾经为自己人生奋发过的人，才值得尊重。

杨绛早已老去，曾经的娃娃脸没了踪影，当年的“洋囡囡”如今已成为一个身材瘦小的老人，但她的腰背还挺直着，白发里悄悄藏着黑发，牙齿也很好，更重要的是，她的思维一直保持着清晰，这让她在垂暮之年依旧能埋头著书。

走在人生边上，杨绛过着深居简出的生活，几乎完全归隐于文字之乡。

虽然三里河的居所总会让杨绛记起“我们仨”的热闹与欢乐，但她依旧住在这里。回忆里，这个家还有热闹的宾客，忙碌的女儿，一起读书、工作的钱钟书，那些零落的碎片，仿佛飘荡在房间的空气中，挥之不去，也不忍驱散。

外面的阳台没有像其他邻居那样封起来，只为了坐在屋里时，抬起头就能看到一片蓝天。

房间的陈设也再没有变过，客厅墙上挂着“我们仨”的合影，照片里，钱钟书和钱瑗笑着，陪着里面的杨绛，看着外面的她。

写作，是一种救赎，它曾让钱钟书在蓝田战乱的不眠夜里寻到温暖，也让杨绛在暮年独居的三里河看尽人生。

后来的杨绛依旧干净整洁，无需新衣，整洁朴素便好，她总是微笑着，眼睛明亮有神，仿佛新生一般，保持着近乎少女的神态。

事实上，她也曾走过昏暗的岁月，当钱瑗和钱钟书相继离世，杨绛一度需要服用大剂量的安眠药才能勉强入睡，她也曾虚弱到连走路都需要扶墙。

钱钟书的那句“绛，好好里”，直到很久后，她才慢慢学着做到，并且在失去爱人之后异常漫长的时间里，慢慢适应，一个人去思念“我们仨”。

她几乎推掉了所有的活动，出版社的新书发布，她婉拒了；政府提出要为她装修房子，她推辞了。每一年，她都要“躲”生日，友善地拒绝探望和祝寿。即使是2011年的百岁寿辰，她依旧温和地拒绝了所有亲友的祝寿。7月的盛夏，她说：“天太热，你们在家替我吃一碗寿面，别麻烦大家了。”

曾经一同端坐的书房，曾经一同书写的光阴，曾经一起走过的小道，曾经一起看过的天空，杨绛的人生很长，与钱钟书和钱瑗共同度过的岁月也很长，长到他们成为她人生中唯一的习惯，即便失散，只要她还在，他们便都在，“我们仨”，一直都还在。

因为她是钱钟书的杨绛，从不曾变过，也从不曾忘记，即便他早已不在，她依旧是他的杨绛。

曾有执笔诉衷肠，如今落笔送春秋。那些好的、坏的、残破的、激昂的、悲伤的、温馨的时光，在纸笔相亲间，跟着记忆悄悄走过，生命却因此变得充实而精彩，连同烙印在脑海中的鲜活回忆都铺写开来，一直延续到生命的最后。

魂已归去

活得太久，也许是一种苦难，至少对于杨绛来说，是一种对坚强精神的考验。

当她活过一个世纪，时间仿佛已经失去了意义，流淌在她身上的，不再是日夜更迭催人老的光阴，而是沉静如水惹人倦的平淡。

杨绛百岁生日时，接受了《文汇报》的笔谈专访，这是多年后她第一次公开接受外界的访问，笔谈的末尾，她说："我今年 100 岁，已经走到了人生的边缘，我无法确知自己还能往前走多远，寿命是不由自主的，但我很清楚我快'回家'了。我得洗净这 100 年沾染的污秽回家。我没有'登泰山而小天下'之感，只在自己的小天地里过平静的生活。"

规律的作息，散步、锻炼、读书、写作，已经成为她晚年生活的全部内容，当邻居夸她身体好，说她能活到 120 岁时，杨绛却笑着摇头说："不，那样太苦了。"

每天练习小楷时，她抄写的总是《槐聚诗存》，不单是因为可以练字，更是因为通过抄诗走近钱钟书的思想，体味他的诗情，就像重新和他坐下来，愉快而亲近地聊着天。

那些诗歌，很多都是钱钟书写给她的，他们一起选编，由她抄写，由他校对，一遍又一遍，早已熟记于心，但放不下的，却是曾经的岁月，以及岁月里的欢喜和忧虑、分别与重聚，一幕又一幕，都是来时路上深深浅浅的脚印，印着他们的人生。

2010 年，钱钟书诞辰 100 周年，距离两人的死别，已经过去 12 个春秋寒暑，杨绛写下一首《忆钟书》。

与君结发为夫妻，坎坷劳生相提携。
何意忽忽暂相聚，岂已缘尽永别离。
为问何时能相见，有谁能识此天机。
家中独我一人矣，形影相吊心悲凄。

是想念，更是叹息，那些深而至浓的悲思，在岁月中沉默地酝酿着，最终奔流而出，作一曲哀婉的离殇。

说起往事，她总是微笑着。对她最爱的两个人那些深深的思念，不该用悲伤的语气诉说，若是他们知道，一定会悲伤心痛，于是杨绛总是笑着，淡淡地说起往事，而有些事，则从不提起。埋在心底的，是她对钱钟书和钱瑗无限的思念，和对时间与死亡的平静等待。

世间好物不坚牢，彩云易散琉璃脆。“我们仨”失散了，就那么轻易地失散了，像是来不及发出的叹息，来不及回首的顾盼，一切须臾倏忽，只有余下的岁月，一天天分分秒秒地移动，慢得不成样子。

谈起自己，她总说：“钱先生和阿圆都走了，我的路也走完了。”

对于杨绛来说，死亡便是“回家”，只有死亡才有力量将她带离这段寂寞的人生长路，只有死亡才能荡起黑色的舟楫，送她与家人团聚。在等待死亡的召唤时，她只要心静如水，过好当下的每一天便好，因为她时刻准备着“回家”，因为她终将“回家”，回到有父母亲人、有钱钟书、有钱瑗的家。

2016 年 5 月 25 日，杨绛彻底归隐了。

人间独行十八载，杨绛终于收好“我们仨”的脚印，将她和他们的百年岁月，一点点妥善整理，一点点精心珍藏，至此，她放下心来，踏着无声的脚步，平静地离开了这个世界。

百年的故事，终于是后人来讲，后人来读。

离去的杨绛淡淡地笑着，消失在茫茫尘世中。她会回家，回到自己的家，找回失散的“我们仨”，再无别离，永不失散。

羁旅倦客的她，如今要去寻找父母口中声声慈爱的“阿季”，要再让姐妹们将“季康”唤作“绛”，要听钱钟书学着女儿一起调皮地喊她“妈妈”，要再听一次钱钟书亲口发愿说“从今以后，咱们只有死别，不再生离”。

若人间的死别是真正的分离，那么死后的团聚，便是劫难过后的无声庆贺。

“我们仨”，终于找回了彼此，成为永远的“我们仨”。

后记

人有悲欢离合，月有阴晴圆缺，此事自古难全。掩卷敛怀，只因再多文字，也写不全相逢意，诉不完相思苦，道不尽别离恨。

这不是第一次写杨绛先生，也不是第一次触碰他们的爱情故事。可是每想一次，便会痛一次。

不知写了几次，删了几次，又改了几次，总感意犹未尽，总觉言不达意。

编写传记的磨难，大约在于此。无论你多么爱那个人，无论你多么心痛，多么难过，你将要描摹的那个人，结局已定，再多的不甘，敌不过现实的收割。

那些在虚构情节中的纵情欢愉，那些主人公历尽艰难最终获取的幸福美满的大团圆，在真实的传记中，总是幻想与奢望。

我站在迟到的光阴里，向前看，辽阔苍茫的从前，只有幢幢背影，追不上，看不清，拨开年代的迷雾，却仍旧宛如水中月、镜中花，仿佛是古镜中的容颜凄迷，带着稍纵即逝的笑容，隔着川流的时光流沙，真实的故事，真实的心情，是你们曾经的真实吗？

走在欢愉的过往，指尖划过的是青春的欢腾与雀跃，往事里的你们，嘴角轻扬，每一声呼唤，每一句说话，都仿佛珠落玉盘，梵塔铃音。

落入颠沛的流离，窗外的阳光，仿佛也暗淡下来，打开灯，苍白的背景上，黑色的文字仿佛诉说着你们的忧愁与哀伤，一笔笔、一字字皆是带来泪与痛的长戈画戟。

可是人的一生大约总是如此，从山顶跌落谷底，再慢慢地攀爬、翻越，走过另一个更高、更美、更壮阔的顶峰。

那些已成定论的人生，总让人叹息，因为一目了然，更因为一言难尽。

一目了然的，是你们走过的路、看过的风景，是你们遇见过的人和事、体会过的酸甜咸苦。

一言难尽的，是你们内心的伤、眼底的笑意，是你们原谅的恨与伤害、肯放下的一切过往。

而那个推开时间大门，站在生命画卷之下，默默仰望的我自己，在你们真实的人生里，一遍又一遍体会着自己未曾有过的巅峰时刻，承受着自己或曾走过的苦痛挣扎。

生命因为敬畏而越发渺小，同样也因这份敬畏拥有了无限的力量。那些能够被了解的伟大人生，那些能够被感受的苦难过往，是无差别的精神养分。

当生命愈加接近伟大时，它将变得无比坚韧、无比强大，足已抵御生的风雨，敢于直面死的凄凉。到那时，一切的磨难都将变得更有意义，一切的收获也因此拥有了更多含义。

谨以此，致最微薄的敬意和最深厚的谢意，在相隔近三载光阴的今时，重新提笔，描摹两位先生的动情人生，反照自己营养不良的过往，是警醒，更是一种勉励。

附 录

钱钟书、杨绛生平年表

1910 年，钱钟书生于江苏省无锡市

1911 年，杨绛出生于北京

1928 年，杨绛考入东吴大学

1929 年，钱钟书考入清华大学外文系

1932 年，杨绛因学潮影响，来到清华大学借读，与钱钟书相识相爱

1933 年，钱钟书与杨绛在苏州订婚，之后，钱钟书前往上海光华大学执教

1935 年，钱钟书通过“庚款”奖学金考试，取得留学资格，与杨绛举行婚礼，之后一同赴英留学

1937 年，钱瑗在牛津出生，钱钟书获得学位，与杨绛一起带女儿前往巴黎求学

1938 年，钱钟书与杨绛一起回国，钱钟书前往云南昆明，到西南联大任教，杨绛独自带女儿前往上海，借住钱家，之后又随父亲杨荫杭同住

1939 年，钱钟书前往湖南蓝田国立师范学院执教

1941 年，钱钟书返回上海，珍珠港事件爆发，上海沦为孤岛

1943 年，杨绛创作的喜剧《称心如意》《弄真成假》上演，钱钟书开始动笔写《围城》

1947 年，《围城》第一次出版

1949 年，钱钟书和杨绛重回清华执教

1950 年，杨绛翻译并出版西班牙名著《小癞子》

1969 年，钱钟书与杨绛先后下放干校劳动

1978 年，杨绛译作《堂吉诃德》出版

1979 年，钱钟书《管锥编》出版

1981 年，杨绛《干校六记》出版

1989 年，杨绛完成《洗澡》书稿

1993 年，钱钟书住院，摘除一侧肾脏

1994 年，钱钟书再次住院，诊断为膀胱癌并进行手术割除

1996 年，钱瑗不适住院，确诊为肺癌晚期

1997 年，钱瑗去世，享年 60 岁

1998 年，钱钟书去世，享年 88 岁

2001 年，杨绛捐助“好读书”奖学金

2002 年，杨绛完成《我们仨》初稿

2003 年，《我们仨》出版

2007 年，杨绛《走到人生边上——自问自答》出版

2016 年，杨绛逝世，享年 105 岁

参考文献

1. 杨绛．杨绛全集．北京：人民文学出版社，2014.

2. 朱云乔．有一种爱情叫杨绛和钱钟书．北京：民主与建设出版社，2016.

3. 吴学昭．听杨绛谈往事．上海：生活·读书·新知三联书店，2017.

4. 亭后西栗．杨绛传：我一个人思念我们仨．北京：中国商业出版社，2017.

5. 钱锺书，杨绛，等．人生边上：钱锺书、杨绛档案．南昌：江西教育出版社，2018.

6. 袁峰．书海掣鲸龙：钱钟书的读书生活．沈阳：万卷出版社，2018.

7. 汤晏．钱锺书．北京：文化发展出版社，2019.

8. 吴玲．杨绛传：永不褪色的优雅．青岛：青岛出版社，2019.

9. 王娇．一生只够爱一人：钱锺书与杨绛传．北京：北京理工大学出版社，2019.

10. 林舟唱晚．世间始终你好：杨绛与钱锺书．北京：北京联合出版公司，2019.